仕組まれた再会

～元カレの執着求愛に捕獲されました～

★

ルネッタブックス

CONTENTS

Lunetta

プロローグ

阿川《あがわ》みずきは急いでいた。

手に持っているのは、コンビニで買ったちょっと高級ラインのアイスクリームだ。

一個三百円もするので、貧乏大学生であるみずきには滅多に買えないが、今日はバイト代が入ったので奮発したのだ。

(このクッキー&クリーム、千歳《ちとせ》の好物だしね)

みずきはエコバッグの中のアイスクリームを確認して、ふふっと小さく笑った。

恋人である坂上《さかがみ》千歳は大手製薬会社の御曹司なので、おそらくこのアイスクリームは彼にとっては特別ではない。

だが、彼は「みずきがくれるものなら、俺にとって全部特別だよ」と笑ってくれるのを知っている。

(今年の誕生日プレゼントのイヤホンだって、喜んでくれたし使ってくれてるもん……)

もちろん、それも高いものではない。

みずきの家は母子家庭で、弟は私立の高校に通う高校生だ。

みずきは奨学金をもらって地元の国立に通っているが、それでも高校生と大学生を抱えた母の負担は大変なものだ。

母は看護師をしていて、夜勤をたくさん入れて頑張ってくれているが、少しでもその負担を減らせたら、と、みずきは自分のバイト代を家に入れていた。

だからバイトをしていても自由になるお金はあまりなく、その中で精一杯のものを買ったのだ。

イヤホンを渡した時も、千歳はすごく嬉《うれ》しそうに笑ってくれた。

『一生大事にする』

そんな大袈裟なことまで言って、みずきを抱き締めた。

その日の夜、みずきは初めて千歳に抱かれたのだ。

(～ああ、ダメダメ、思い出したりしちゃ……)

その時のことを思い出して、カーッと顔を真っ赤にしてしまい、みずきは慌ててパタパタと手で自分の顔を扇《あお》いだ。

頭の中の煩悩《ぼんのう》を一生懸命消しながら、それでも浮かんでくるのは愛しい恋人のことだ。

千歳はとても優しく思いやりがある上に、ものすごくかっこいい。

お母さんがオランダ人だったらしく、日本人離れしたルックスはハリウッドスターのようだ。

彫りの深い顔に、緩やかなウェーブのかかった茶髪、少し下がった目尻が、時々ドキッとするような色気を醸し出している。

長身な上、手脚はびっくりするくらい長く、顔が小さい。

こんな完璧な男子が世の中にいるのだろうかと思うほどだ。

そんな彼だから、当たり前だが非常にモテる。

その美貌の評判は学内を超えて他の大学にまで轟《とどろ》いていて、他所《よそ》の大学の女子が彼を見るためにキャンパス内に潜り込んでいた、などの話は後を絶たない。

きっとよりどりみどり、選び放題だったに違いないのに、千歳が選んだのは冴《さ》えない貧乏学生のみずきだった。

千歳とみずきは同じ薬学部で、彼は一つ上の先輩だ。

薬学部は六年制で、みずきたちの大学では入学して最初の二年間は教育学部棟で一般教養の授業を受け、残りの四年間は薬学部棟で専門教科を学ぶ。

だから千歳と知り合ったのはみずきが三年生で、彼が四年生の時だった。

いよいよ専門課程に入り、同級生たちが同じ学部の先輩たちとの交流を深めようと飲み会を開催する中、勉強とバイトの両立で精一杯だったみずきはあまり参加できずにいた。

皆みずきの境遇を知っているから、誘いを断っても嫌な顔はしなかったが、それでも疎外感は感じてしまう。

寂しいなと思ったが、夜はバイトだから仕方ない、と諦めていた。

すると、「ねえ、君、交流会にいつも参加しないね？　どうして？」と声をかけてきたのが千歳だったのだ。

それまで一度も話したことがなかったが、千歳の存在はもちろん知っていた。

なにしろ目立つし、周囲の同級生もキャーキャーと騒いでいたからだ。

男女交際などに興味を持つ余裕のないみずきでも、「すごくカッコイイな」とほんのり憧れの気持ちを抱いたほどだ。

その遠い憧れの存在に声をかけられ、みずきはびっくりして固まってしまった。

『えっ、そ、その、夜はバイトがあるので……』

裏返りそうになる声を必死に落ち着けて、なんとか質問の答えを返すと、彼は「ああ、そうだよね、駅前のカフェでバイトしてるよね」と言われてまた驚いた。

（えっ⁉　なぜ坂上先輩が私のバイト先を知ってるの……⁉）

だがそれを訊《たず》ねる前に、彼が口を開いた。

『じゃあ昼なら参加できる？』

『え……？　あ、はい。お昼なら……』

みずきが返事をすると、千歳はにっこりと笑って周囲に向かって大きな声を出した。

『おーい、今日の交流会、昼休憩中にするよ！』

千歳が言えば、理由を問うまでもなく皆が一様に「はーい」「分かりましたー！」と了解の返事をした。

そんなリーダー的カリスマのある人なのだ。

『えっ、あの……』

『先輩たちからのアドバイス、君も聞きたいでしょ？　テストの過去問とか、卒業生たちから引き継いだ先生たちの取り扱い説明書だってある』

そんなものまであるのか、と目を丸くしていると、千歳はバチンとウインクをしてきた。

日本人でナチュラルにウインクする人を、みずきはこの時初めて見た。

『情報はちゃんと収集しとかないと、この薬学部棟は曲者《くせもの》だらけだから大変だよ』

『あ、ありがとうございます……！』

交流会に参加できず、孤立しがちだった後輩に気づき、フォローしてくれたのだと分かって、みずきの胸があたたかいもので満たされた。

なんて優しくてカッコイイ人なんだろう、と思った。

周囲にさりげなく気を配れて、困っている人がいたら手を差し伸べられる――それはまさにみずきがなりたい人間像だった。

毎日疲れた顔をしながらも、みずきや弟の前では笑顔を見せる母を助けたいと、子どもの頃から思っていた。

だがみずきにはそんな力はなく、未《いま》だに母を頼るばかりだ。

自分に力があれば。自分に能力があれば……そんな漠然とした願望を、みずきはずっと持って生きてきた。

目の前の千歳は、まさにその理想の人のように見えて、みずきの心の中にほんのりと輪郭だけ育っていた憧れが、一気に色づき膨らんでいった。

みずきのお礼に、千歳はくしゃっと子どものような笑みを見せた。

『……こっちこそ、ありがとう。君と話してみたかったんだ、俺』

そんなことを言われてしまえば、期待するなという方が間違っている。

みずきの憧れは、あっという間に恋に変わった。

その後も千歳はなにくれとなくみずきを助けてくれて、いつの間にか一緒にいることが多くなった。

彼に交際を申し込まれたのは、その二月後のことだ。

『……本当は、みずきが薬学部棟に来る前から知ってたんだ。みずき、バイトしてるカフェで、店長に仔猫をもらってくれないかって言われて、引き取ったでしょ？』

意外な発言に、みずきはびっくりしてしまった。

確かに彼の言うとおりで、バイト先の店長に「知り合いがカラスに襲われてた仔猫を助けたらしいんだけど、マンションじゃ飼えないみたいで今うちにいるんだ。でもうちも彼女がアレルギー持ちだから、引き取り手探してるんだけど、誰かいない？」と訊《き》かれたのだ。

みずきの実家は持ち家だし、家族全員動物が好きだ。

ちょうどその頃、それまで飼っていた愛猫《あいびょう》にゃん太が十八年の生涯を終えてしまい、みんなが意気消沈していたところだった。

これは天啓かもしれないと、すぐさま飼い主に立候補したのだ。

『あの仔猫、拾ったのは俺なんだ。飼い主になってくれるって子を見てみたくて、みずきの働いている時にカフェに行った。そしたらみずきがキャッシャーにいたんだよ。覚えてる？』

そんなことがあっただろうか。考えてみても記憶になく、ふるふると首を横に振ると、千歳は顔をくしゃっとさせて笑った。

『だと思った！』

『え？』

『あの時みずき、俺の後から入ってきた車椅子《いす》のお客さんを見て、「少々失礼します」って言ってそっちに走っていっちゃったんだよ。車椅子のお客さんが入りやすいようにドアを支えてあげたり、看板を避《よ》けてあげたりしてた。その時から、みずきに恋してたんだ、俺。ずっと好きでした。付き合ってください』

自分の知らない時から恋をしていたのだと言われて、みずきは頭が沸騰するかと思った。

もちろん、返事はＯＫだった。

その後「仔猫を拾った者だと言ってくれれば良かったのに」と言うと、彼は「好きになっちゃったから、そう簡単に声をかけらんないよ」と不貞腐《ふてくさ》れたように口を尖《とが》らせた。

いつも大人っぽい彼の、子どもみたいな表情が、堪《たま》らなく愛しかった。

そうして交際が始まり、二人はもうすぐ二年目を迎えようとしていた。

みずきは五年生、千歳は六年生になった。

来春卒業予定の千歳は、既《すで》に実家の製薬会社に就職が決まっているので就職活動はせず、日々勉強に勤《いそ》しんでいる。

「俺は他の人よりも時間に余裕があるから」と後輩であるみずきの勉強にも付き合ってくれるので、申し訳ないくらいだ。

本当によくできた人で、彼氏である。

（私にはもったいないくらいの人だよね……）

みずきは彼のマンションへ向かう道を歩きながら、スマホの画面を見た。

待ち受け画面は、新しい家族となったキジトラのまる子だ。

我が家に来た時はあまりに小さくて、早く大きくまん丸になれ、という願いを込めて母が命名した。

ちなみに前の愛猫のにゃん太も、母が名付けたのは言うまでもない。

あの時の仔猫だ。

まる子の縁がなければ、きっと千歳と付き合うことはなかったのだと思うと、この子が縁結びの神様のように思えてくる。

（そうじゃなくても、まる子は可愛いけどね〜〜！）

親バカならぬ飼い主バカを盛大に発揮しながら、メッセージアプリを起動して千歳にメッセージを送る。

『もうすぐ着きます！　アイス買ってきたよ』

するとすぐに既読が付いたが、珍しく返信はなかった。

てっきりいつもの「やったー！」とジャンプしているクマのスタンプが来ると思っていたみ

ずきは拍子抜けしたが、手が離せなかったのだろうなとさほど気に留めずスマホをバッグにしまう。

今日はカフェでのバイトの後、スマホに千歳からのメッセージが届いていた。

『バイト終わったらうちに来て』

短いメッセージに、胸が高揚した。

みずきは実家暮らしだが、千歳はマンションに一人暮らしをしている。

彼も実家は県内にあるが、大学からは一人暮らしをさせてもらうことを条件に地元の大学を選んだらしい。

千歳は何も言わないが、実家との関係があまり良好ではないことを、みずきは薄々感じ取っていた。

(お母さんは千歳が子どもの頃に離婚してオランダに帰っちゃったらしいし、きっとお父さんとの関係だよね……)

千歳は中学・高校一貫性の全寮制の学校だったらしく、そこからも実家との関係性が薄いことが窺《うかが》われた。

大学も一人暮らし、という条件が、何が何でも実家に住みたくないという意思が感じられる気がするからだ。

みずきも気になっているところだが、彼が何も言わないのに、根掘り葉掘り聞き出そうとするのはあまり良くないだろう。

（……いつか話してくれるよね……）

一抹の寂しさを感じるのには理由がある。

付き合って二年ほど経つが、千歳との間には、ある一線から先に踏み込めないような、壁があると感じていたからだ。

千歳は優しい。いつだってみずきを優先し、自分のことを後回しにする。

大事にされているのだと感じるし、同じくらい彼を大事にしたいと思う。

だが、千歳の優しさには壁があるのだ。彼がしてくれたのと同じだけのことを返したいと思うのに、彼はそれを許さない。

みずきの実家の境遇を知って、千歳は母や弟にまで気を遣って、なんでもしてくれようとする。

母の好きなケーキを買ってきたり、弟の受験勉強を見てくれたりする。

母が家庭教師代を払うと言ったのに、千歳は頑《がん》として受け取らず、それどころか弟の大学合格祝いにタブレットまで渡していた。

そのタブレットを買うために、忙しい合間を縫ってバイトをしていたのを、みずきは知っている。きっと親のお金を使うのが嫌だったのだろう。

ここまでしてくれるくせに、彼はみずきに全てを許してくれない。

いつだったか、薬学部棟での雑談で、薬学部に入った動機を語る流れになった時、話を振られた千歳が言ったのだ。

『俺は入りたくて入ったんじゃないからな……。みんなみたいにキラキラした目標とかないから、話せないよ』

その表情が、ものすごく皮肉げで、周囲が息を呑《の》むほどだった。

みずきもまた皆と同じように驚いていた。

ずっと彼の傍《そば》にいるのに、そんな話を聞くのは初めてだったからだ。

後からその話を蒸し返しても、彼はのらりくらりと躱《かわ》すばかりだった。

話したくないことを無理に聞き出す必要もないと思うものの、それでも教えてほしいと思うのは、あの時の千歳の表情が、酷く苦しそうだと感じたからだ。

(――苦しみを、私と分かち合ってはくれないのかな……)

千歳は頭が良いいし、合理的に物事を解決しようとするところがある。

みずきに話したところで、解決できないことだから話さないのだろう。

分かっていても、話してほしいと思ってしまう。

彼の心を知りたい。彼の苦しみを理解したい。

共感し、傍にいるだけでも癒《い》やしになるかもしれないから。

(……そんなこと、建前だよね。私は、単に千歳が壁を作っているのが寂しいだけ……)

人が他者を丸ごと許容することは、難しい。

そんなことができるのは、よほどの聖人だけだろう。

みずきは自分が聖人だと思うほど愚《おろ》かではない。

千歳が話してくれたところで、自分が受け止めきれず逃げ出してしまう可能性だってゼロではないのだ。

分かっていても、最初から「お前ではダメだ」と諦められているようで、悲しかった。

千歳に望んでほしい。もっと、もっとと手を伸ばしてほしい。

彼は与えるばかりで、みずきから何も受け取ろうとしない。

聖人君子のような千歳に、彼のような人間になりたいと思う反面、その聖人君子の仮面を剥《は》ぎ取りたくもなる。

(私が普段、こんなことを考えているって分かったら、千歳、逃げちゃうかしら……?)

みずきは彼に嫌われたくない。だからこの願望は胸の裡《うち》にひっそりと隠している。

誰だって隠したいことを暴こうとする人間とは距離を取りたくなるものだ。

(……でもいつか、本当のあなたを見せてほしいな……)

愛しい恋人に想いを馳《は》せながら、みずきは目的地に到着した。

千歳のマンションはいつ来ても豪華で、少し気後れしてしまう。

自動ドアの前のインターフォンで部屋番号を押すと、「はい」と千歳の声が聞こえた。

「あ、私です」

『開けた』

端的に言われ、自動ドアが開いた。

慌ててドアから中に入ったが、みずきは違和感に首を傾《かし》げる。

千歳の声が固かった気がするのだ。

(……そういえば、メッセージもそっけなかった……?)

いつもならスタンプが返ってくるところが、なかったのを思い出して、みずきの胸に不安が湧いてくる。

もしかして、気づかぬうちに千歳を怒らせてしまったのだろうか。

付き合ってそれなりに経つが、彼がみずきに怒ったことはまだ一度もない。

皆に驚かれるのだが、喧嘩《けんか》をしたことがないのだ。

みずきはあまり怒るタイプではないし、千歳の寛容さは皆が知るところだ。

(千歳が怒ってるとしたら、この呼び出しは……怒られるやつ?)

普段怒らない人が怒ったら怖い、というのは通説だ。

どうしよう、と千歳の部屋の前でウロウロしてしまったが、よく考えてみればこれは好機《チャンス》だ。

千歳の壁を取っ払いたいと思っていたではないか。

人は怒った時に素《す》が出るものだ。

これを機に千歳の想いや蟠《わだかま》りを話してもらえるかもしれない。

「……よし！」

気合を入れてドアフォンのボタンを押した。

『はーい』

ドアフォンから聞こえてきた声に、みずきは固まった。

それが可愛《かわい》らしい女性の声だったからだ。

（……え？　ここ千歳の部屋だよね？　私、間違えちゃった？）

頭の中が真っ白になり、ドアの前の番号を見るが、確かに千歳の部屋番号で合っている。

ではなぜ千歳ではない人の声が？

しかも女性の声だ。

脳裏を過《よ》ぎるのは、『浮気』という最悪の文字だ。

（まさか、千歳に限って、そんなこと……。待って、落ち着いて、私。千歳の……親戚とか、

そういう可能性だってある）

必死に心を鎮《しず》めようとしているうちに、ガチャリと音がして内側からドアが開いた。

顔を覗《のぞ》かせたのは、お人形のように可愛らしい、二十代くらいの小柄な女性だった。

「入ってこないから、どうしたのかと思っちゃった。どうぞぉ、お入りくださいな！」

「……あの」

「ふふ、ねぇ、ちーくん、彼女、びっくりしちゃってるよぉ？」

みずきが喋《しゃべ》ろうとしているのに、女性はそれを無視してリビングの方へ顔を向けて大声で叫《さけ》んでいる。

まるでいつもここで過ごしているかのような、リラックスした態度だ。

（……「ちーくん」って、千歳のこと、よね……）

胸にドス黒い感情が溢れ出す。

これは嫉妬だ。嫉妬と、不安。

どちらも吐《は》き気がするほど醜《みにく》い感情で、自分がこんな感情に苛《さいな》まれることがあるなんて、信じられなかった。

千歳は優しく、誠実だった。

みずき以外に見向きもしなかったし、不安にさせるようなことは一切しなかった。

だから千歳の浮気だとか、未遂すらも一度も疑ったことがなかったのだ。

（違う……！　千歳は、絶対にそんなこと、しない……！）

迷いや疑いを振り払うようにして、みずきは目の前の女性を見つめた。

女性はみずきの挑むような眼差《まなざ》しに、ニタリと口の端を吊《つ》り上げる。

「ねえ～、怖い～！　絵里奈《えりな》、睨《にら》まれちゃったんだけどぉ！」

大きな声で訴えると、絵里奈と自称した女性は小さく首を傾げて言った。

「どうぞ？」

「……」

我が物顔で招き入れようとする絵里奈に、みずきは返事をしなかった。

彼女に言われるまでもない。

彼女が千歳とどういう関係であれ、今の言動で悪意があるのは分かった。

無言でスニーカーを脱ごうとすると、そこに華奢《きゃしゃ》で細いヒールの靴が、千歳の大きな靴の隣に並んでいるのが目に入ってきて、唇を噛《か》み締めた。

靴がなんだというのか。来客があれば靴ぐらいある。

込み上げてきそうになるものを呑み込んで三和土《たたき》に上がると、「スニーカーなんだぁ」とクスクス笑う声が聞こえる。

（……スニーカーの何がいけないの）

確かにあのヒールの靴のように装飾には乏《とぼ》しいが、バイトで立ち働いている時にヒールの高い靴など履けない。

（……まあ、バイトがなくても私はヒールのある靴なんて持っていないけど）

自嘲ぎみに思ってしまった自分を振り払うようにして、みずきはリビングへ向かう。

まずは千歳と話をしなくては。

リビングのドアを開くと、一人がけのソファの上に千歳が座っていた。

芥子《からし》色のそのソファは二人で選んだものだ。

「いつか一人暮らしをしたら、自分の部屋にこういうソファを置くのが夢だ」と言ったら、「じゃあ俺の部屋で、その夢、叶《かな》えちゃおう」と千歳が買ってしまったのだ。

千歳の部屋は広いから、大きいソファにした方が一緒に座れたのに、とみずきが言うと、彼は「一人がけでも一緒に座れるよ」と笑ってみずきを自分の膝の上に抱き上げた。

それから、そのソファは二人の定位置になっていたのだ。

「千歳……」

縋《すが》るような気持ちで名前を呼ぶと、千歳は億劫《おっくう》そうにこちらを見上げてため息をついた。

「来たか」

どこか投げやりなその口調が、やはりいつもの彼らしくない。

「……呼んだのは千歳でしょう？」

「……まあ、そうだな」

はぁ、と再びため息をついて千歳は立ち上がり、入り口で立ち尽くしているみずきの傍へ歩み寄る。

するとみずきの背後からサッと駆け寄ってきた絵里奈が、千歳の胸に飛び込むようにしてしがみついた。

「ちーくん、ねえ、絵里奈、睨まれちゃったんだけどぉ！」

甘ったるい声で訴える絵里奈に、みずきは胸のむかつきを抑えるのに苦労した。

（……ベタベタ触らないで！　千歳はあなたのものじゃない！）

彼の恋人は自分だと、叫び出したい気持ちでいっぱいだった。

だが、できない。

みずきは人に怒鳴《どな》ったことがないから、どうすればいいか分からなかったし、ここに来て自分が彼女に怒鳴れる立場なのか分からなくなってきた。

千歳と交際しているのは自分だ。

だが、千歳はなぜか自分に対して怒っているように見えるし、そもそも壁を作られているような恋人は、本当に恋人と言えるのか。

普段ならナンセンスだと一笑に付すような考えでも、不安が胸中に渦巻《うずま》く状態ではそれが正しいように思えてしまう。

いろんなものが崩れ落ちそうになるのを、ギリギリで踏み止《とど》まりながら、みずきは千歳を見た。

彼はいつもどおり美しかった。

だがその眼差しには、あったはずの温もりが消えている。

千歳は冷たく、無機質な微笑《ほほえ》みを浮かべてこちらを見下ろしていた。

絶望に、指先が震え出す。四肢が冷たく感じるのは、きっと気のせいではないだろう。

「……千歳、この人は、何？」

声が震える。みっともない。

真実を知るのを臆していると、悟られたくはないのに。

みずきの質問に答えたのは、千歳ではなかった。

「私は菅野《すがの》絵里奈」

得意満面に自己紹介をされて、みずきは眉間に皺《しわ》を寄せた。

聞きたいのは名前ではない。

だが絵里奈はお構いなしに、千歳に抱きついたまま口を開く。

「あなたは阿川みずきさんでしょう？　知っているわ、さっきちーくんから聞いたから」

みずきは千歳の方を見るが、彼は無表情で絵里奈の方を見ていた。

「ちーくんがお世話になっているみたいで」

クスクスと笑う声が耳障りだ。

みずきが無言のまま顔を顰《しか》めていると、絵里奈は勝ち誇《ほこ》ったように微笑んだ。

「私は彼の婚約者よ。ずーっと昔からの、ね」

そのセリフに、みずきはガン、と後頭部を鈍器で殴られたような衝撃を受ける。

彼女の言葉が脳を上滑りする。

今なんと言った？　婚約者？　千歳の？

「……こ、婚約者って……」

青褪《ざ》めるみずきを見て、絵里奈がキャハハ、と甲高い笑い声を上げた。

「可哀想《かわいそう》に、なんにも知らなかったのね？」

口先だけで、ちっとも可哀想だと思っていない。

それどころか、打ちのめされるみずきを見て喜んでいるのが丸分かりだ。

みずきは振り払うように彼女から目を逸《そ》らすと、千歳の方を見る。

「う、嘘《うそ》……嘘でしょう？　千歳。そんな……」

「嘘じゃない」

間髪《かんはつ》をいれずに淡々とした答えが返ってきて、息を呑んだ。

千歳はこちらを見ているようで、見ていない。ガラス玉のような目をしていた。

こんな冷たい目をした彼を、みずきは知らない。

今日ここに来るまで、こんな彼を見たことがなかった。

「あははは！　もう、おっかしい！」

みずきの絶望に割り込むように、絵里奈の笑い声が響く。

「ねえ、ちーくん。この子は遊びなんでしょう？　ちーくんには私がいるもんね？」

千歳の腕にしがみつきながら甘い声で言う絵里奈に、千歳が首肯した。

「もちろんだ」

みずきの目の前が真っ暗になっていく。

(そう、これが、『壁』の正体だったということ……)

ずっと千歳が何かを隠しているような気がしてならなかった。

誰にでも知られたくない秘密はある。

だけど彼が抱えている秘密が苦しいもののように思えたから、それを自分にも共有してほしいと思った。

好きな人の痛みを理解したかったのだ。

(……でも、違った)

千歳が隠していたのは、このことだったのだ。

婚約者がいるくせに、みずきを恋人にした。

――いや、婚約者がいるのだから、恋人ではなく浮気相手だ。

最初から裏切られていたのだ、自分は。

これを隠していたから、千歳は自分との間に壁を作った。

見せられなくて当然だ。

苦しんでいるように見えたのは、いずれ別れる浮気相手でしかないのに、それを知らずに慕ってくるみずきへの憐憫《れんびん》だったのか。

「もう、ちーくんったら、結婚まではお互い浮気はOKって、確かに絵里奈、言ってたけど、ちゃんと相手は選ばないとぉ！　本気になっちゃうような子、面倒なだけでしょぉ？」

「そうだな」

楽しそうな絵里奈と千歳の会話に、耳を塞《ふさ》ぎたくなった。

バカみたいだ。

全部バカみたい。

喉の奥が熱い。だが、ここでは絶対泣きたくなかった。

力を振り絞って泣きたい衝動を呑み込むと、みずきは顔を上げて二人を見据《みす》える。

「もういい。分かりました。……千、いいえ坂上さん。あなたとはこれで終わり。もう二度と私に話しかけないで」

そこまで一気に言い切ると、踵《きびす》を返してリビングを出た。

ドアが閉まる瞬間に「こわぁい」と言う絵里奈の声が聞こえて、みずきは歯を食いしばって駆け出す。

マンションを出た瞬間、堪《こら》えていた涙が堰《せき》を切った、ボタボタと溢れ出て服を濡《ぬ》らしたが、気にする余裕なんてなかった。

生まれて初めて好きなった人だった。

ずっと彼と一緒に生きていく夢すら見ていた。

（バカだ……！　私は、とんだ大マヌケ……！）

何が一緒に生きていく、だ。

千歳にとっては、一時《いっとき》の暇潰しでしかなかったというのに。

つい数時間まではキラキラと輝いていた、二人で過ごした時間が、一気に黒歴史に塗り替えられた。

悔しい、悲しい、苦しい、辛《つら》い……。

こんな想いをしなくてはならないのが恋だというなら――。

「もう二度と、恋なんかしない……！」

夜道に一人泣きじゃくりながら、みずきは自分の心に誓ったのだった。

第一章

「阿川《あがわ》チーフ！　昨日提出したデータ見てくれました？」

社員食堂でうどんを啜《すす》っているところに、部下の滝川学《たきがわがく》に声をかけられて、みずきは顔を上げた。

「んん～？」

「んん～、じゃないですよ。例のパウダーのヒト試験の結果ですよ」

「見たけど」

「じゃあ、これなんですけど……」

言いながら、いそいそと持っていた資料を渡そうとする滝川に、みずきは片手を突きつけてNOの意思表示をする。

「ちょっと、ガクちゃん。私、今ご飯中なんですけど？」

「はぁ」

勢いを削《そ》がれた滝川は、それがどうしたとばかりに曖昧《あいまい》な返事をするものだから、みずきは苦笑してしまう。

滝川は研究熱心な職員だ。だが熱心すぎて、早く結論を出したいがために周囲の状況を考えずに突っ走る傾向がある。

良くも悪くも、研究者気質なのだ。

彼は今と同様のことを他の研究員にもやって、その人の休み時間を潰してしまい、嫌われてしまったりするのだが、本人はそのことに気づいていない。

「はぁ、じゃないの。ご飯中、つまりは昼休憩中。休憩は休息を取る時間。つまり仕事をしない時間。お分かり？　その質問、急ぎじゃないでしょ？　あれのヒト試験の結果はもう上に上がってて、結果待ちなんだから」

みずきの指摘に、滝川は「まあ、そうですけど……」と納得のいかない顔をする。

「あのね、ガクちゃん。君が仕事熱心なのはとても評価に値する。でもそれと他の人の時間を搾取《さくしゅ》することは別問題だよ」

「時間を搾取、ですか？」

思いもよらなかったのか、滝川が目を丸くするので、みずきは苦笑を深めた。

「そう。同じ研究をするメンバーなら情報共有や見解の討議は不可欠だから、就業時間は共有する時間だよ。でも休憩時間はそうじゃない。休憩時間はその人個人のもので、どう使うかはその人の自由だよね。そして一般的には、昼ごはんを食べたり休息を取ったりするためのもの。それを君が奪う権利はないんだよ」

みずきの説明に、滝川は最初ポカンとした表情だったが、やがてしょんぼりと肩を落とす。

「……あの、すみませんでした。僕、そういうことに気がつかなくて……」

「うん。なんとなくそうだろうなと思ってたから、注意してみたの」

みずきは安心させるようにポンポンと滝川の肩を叩《たた》き、ポケットからプロテインバーを取り出して彼に差し出した。

「きっとガクちゃんはさ、自分が同じようにされても気にしない大らかで優しい人だから、気づきにくかっただけだと思うし。今もお昼食べてないんでしょ？　これ食べなさいね」

みずきの言葉に、滝川は「ありがとうございます……！」と言ってプロテインバーを受け取った。

「うん。飲み物と一緒に食べてね。それ、喉、詰まるから」

みずきが常備しているのは、味は美味《おい》しいけれど口の中の水分をごっそり持っていく系のプロテインバーだ。

そのまま食べると飲み込むのもなかなか辛《つら》い。

「知ってます。……じゃあコーヒー買ってきて食べます」

「うんうん。お昼休憩終わっちゃう前に食べておいで」

「はい」

大事そうにプロテインバーを両手に持って立ち去る部下を、ひらひらと手を振って見送っていると、「上手に転がしてるじゃない」という声と共に、一人の女性が向かいの席に座った。

手にはA定食が載ったトレーがある。

「あ、紘子《ひろこ》、お疲れ様」

「お疲れ〜。ちゃんと主任してんじゃーん」

にひひ、と笑いながら揶揄《からか》ってきたのは、同期の三村《みむら》紘子だ。

彼女は大学時代からの同級生で、みずきと同様に院に進み、就職先まで一緒だったという腐《くさ》れ縁だ。

とはいえ、さすがに職場の研究室までは別で、みずきはスキンケア用品、紘子はシャンプーなどのヘアケア製品の研究をしている。

「転がしてるって言い方、やめてよ。職員間の摩擦解消とメンタルケアだよ」

「同じじゃん」

「同じだから言い方って言ってんの」

「はーい」

みずきの苦情に、紘子は肩を竦《すく》めながら箸を取った。

今日のA定食は唐揚げだったようだ。揚げたての唐揚げが美味しそうだ。

「ちょっと、人の唐揚げに涎垂《よだれ》らさないでよ？」

「えーん、だって美味しそうで……」

「あんたもA定食にすれば良かったじゃん」

「う……いや、最近パンツのウエストが苦しくなってきて……」

みずきは白衣の上から自分のお腹を摩《さす》る。以前と変わらない食生活をしていると思うのだが、若かった時と違い代謝が落ちてきたのだろう。

お腹の贅肉《ぜいにく》が明らかに増えてしまっているのだ。

みずきの告白に、同じ年の紘子もしょっぱい顔になった。

「あ〜、分かる。体重は増えてないのに、肉が増えるよね……」

「そう、それ！」

「あ〜……学生時代はこんな緩んだ体じゃなかったのにねぇ……」

「なんだかんだでアラサーだもんね、私たち……」

みずきも紘子も、現在二十八歳で、もうすぐ二十九になる。

いつの間にこれほど年月が過ぎたのだろうか。

薬学部での六年間を修了した後、修士課程の二年間を経て、大手化粧品会社である和声堂《ワセイドウ》の研究職に就いて三年目。

余裕のなかった就業二年間とは違い、ほんの少しではあるが余裕が出てきた頃合いだ。

「うーむ。そろそろ見た目にも気を使うべきか……！　このままじゃ恋人もできやしない！」

唸《うな》る紘子は、言いながらも唐揚げに齧《かじ》り付いている。

「そう……なのか、なぁ……」

「そうでしょ！　結婚考えるなら、恋人がいないとやばいじゃん」

みずきもまたのびてしまったうどんを啜りながら、うーむと考える。

仕事は楽しい。数ヶ月前に主任になって業務は増えたが、やり甲斐《がい》があるしお給料も少し上がった。

手がかかる部下もいるが、皆性格の良い子ばかりだし、同僚ともうまくやれている。これ以上はないほど充実しているのだ。

「恋人、かぁ。なんかピンと来ないんだよね……」

遠い目をして呟《つぶや》くと、紘子が眉間に皺《しわ》を寄せて箸を置いた。

「あんた、まさかまだあのロクデナシを引きずってるんじゃないでしょうね？」

「え？」

「坂上《さかがみ》よ。あのクソ男」

苦々しい口調に、みずきは困ったように笑う。

紘子は大学時代からの友達だから、千歳《ちとせ》とのことも知っているのだ。

五年前のあの夜、千歳の裏切りを知ってマンションを飛び出した後、みずきは涙が止まらなくなってしまった。

泣きやもうとしても全然止まらず、家族に心配をかけたくなかったみずきは、紘子を頼って彼女の家に泊まらせてもらった。

みずきから事の顛末《てんまつ》を聞いた紘子は、烈火の如《ごと》く怒り狂った。

そのまま千歳の所に突撃しようとするのを、必死になって止めているうちに涙が止まったのを覚えている。

（紘子が怒ってくれたから、私は立ち直れた気がするんだよね……）

みずきは子どもの頃から基本的に温厚な性格で、人に対して本気で怒ったことがなかった。

子どもの頃に経験していないことを、大人になってからするのは酷《ひど》く難しいもので、千歳に裏切られた時も、怒っているはずなのにうまく怒ることができなかった。

怒り方を知らなかったのかもしれない。

そんなみずきとは真逆に、紘子は喜怒哀楽が実にはっきりとした性格だ。

千歳の裏切りを聞いた時も、赤鬼かというくらい顔を真っ赤にして、涙をボロボロと流しながら憤怒《ふんど》した。

『あいつのチ○コをちょんぎってやる！』

と叫《さけ》んで飛び出そうとする紘子に、なんだか笑えてきてしまい、二人で泣きながら大笑いをしたのだ。

紘子の怒る姿を見て、みずきは怒り方を学んだのだと思う。

今では彼女を見習って、怒る時は思っていることをそのまま口から出すようにしている。

千歳のことは辛い記憶だが、その一件のおかげで紘子との仲が深まった。

今では唯一無二の親友だと思っている。

その親友の心配げな眼差《まなざ》しに、みずきはへらりと笑ってみせた。

「それ、すんごい懐かしい名前。違うよ、もう坂上さんのことは過去の話だもん」

「でも、あんたあれ以来恋人作らないでしょ」

鋭《するど》い指摘に、内心ぎくりとなったが、水を飲むふりをしてやり過ごす。

「それは……タイミングというか……いや、っていうか、紘子だってもう五年はいないじゃん、彼氏」

ビシッと人差し指を立てて言うと、紘子は左胸を押さえて苦悶《くもん》の表情になった。

「ぐっ……痛いところを！　はぁ～～～そうなのよねぇ、日々の諸々《もろもろ》に忙殺されて、恋人に回すエネルギーがないのよ……。こう、休みの日くらい、すっぴんで家でダラダラしていたいという欲の方が勝ってしまう！」

「まあ恋人ができると、休みの日はデートだなんだと時間取られるだろうしね……」

「そう！　そうなのよ！　貴重な休みを削られたくないのよ……」

意気投合したものの、二人は顔を見合わせてガックリと肩を落とす。

恋人ができない理由は間違いなくこれである。分かっている。

「はぁ～、家の中ですっぴんでもできる出会いってないかしら……」

唐揚げに添えられたプチトマトを箸で摘《つ》まみながら、紘子が悲しげに呟いた。

「あ、ゲームはどうよ？」

「ゲーム？　……ああ、あんた、オンラインゲームにハマってたよね」

興味なさそうに頬杖《ほおづえ》をつく紘子に、みずきは身を乗り出して説明する。

「そう！『エターナルドリーム』、略して『ＥＤ』！」

「勃起不全？」

「おい、やめろ」

アラサーにもなると、少々気まずい単語も言い放題である。

紘子の失言にすかさずツッコミを入れた後、みずきは嬉々《きき》としてお気に入りのオンラインゲームについて話し始める。

「EDはMMORPGなんだけど」

「えむえむおーあーるぴーじー」

「Massively Multiplayer Online Role-Playing Gameの略だよ。インターネットを介して多くのプレイヤーが同時に参加できるオンラインゲームのこと。だからネット上で繋《つな》がった人たちと仮想世界を満喫できるの。めっちゃ楽しいよ！」

みずきがEDにハマったのは、院生だった時だ。

まだ実家暮らしをしていて、弟が「面白いゲームがある」と勧めてきたのがきっかけだった。

みずきはゲームにあまり興味がなかったし、誘われたからなんとなく始めただけだったのだが、気がつけば勧めてくれた弟よりもハマってしまった。

おそらくその後就職を機に一人暮らしを始めたのも理由の一つだろう。

人恋しさを、オンラインで会話やチャットもできるゲームで癒《い》やしていたのだ。

「うーん、ゲームねぇ……。私、ゲームはテトリスとかソリティア程度しかやったことないから、分かんないんだよねぇ」

紘子はゲームで遊ぶ習慣がないため、以前から何度もＥＤに誘っているのに全く乗り気ではない。

(まあ、無理に誘うようなものでもないしな)

みずきは食べ終わったうどんの器を持ちながら立ち上がる。

「ま、気が向いたら言ってよ～！　うちのギルマス、初心者大歓迎だし、優しいからさ」

「ん～」

「じゃ、お先」

「はいは～い。午後も頑張りましょ」

「おー」

ひらひらと手を振る親友に笑顔を向けながら、みずきは仕事に戻った。

＊＊＊

カシュ、と小さな音を立てて缶ビールの蓋《ふた》を開けると、注ぎ口から白い泡が噴き出してくる。

それを慌てて吸い上げながら、みずきはパソコンチェアの上にどかりと座った。

ゴクゴクと喉を鳴らして冷たいビールを流し込んで、プハーッと息を吐《は》き出す。

「あ――――ッ！　仕事の後の一杯、最高！」

仕事を終えて帰宅して、熱いシャワーを浴びた後、この一杯のために生きていると言っても過言ではない。

今日のおつまみは、冷蔵庫に眠っていたチョリソーを焼いたものと、ほうれん草のお浸し、そして冷奴《ひややっこ》。冷奴には生姜《しょうが》と白だし、ほんの少しのごま油を垂らすのが最近のお気に入りだ。

それらを小さなお盆に入れてサイドボードに置き、ちょいちょいと摘まみながらまたビールを呷《あお》る。最高である。

鼻歌を歌いながら冷奴を崩していると、スマホのランプが光って着信を告げる。

画面を見ると、弟の理玖《りく》からだった。

すぐさま指をスライドさせて通話をONにすると、弟の声と共に賑《にぎ》やかな声が聞こえる。「キャー」だとか「ヤダ」だとかいう、可愛《かわい》い声だ。

『おーい、お姉《ねえ》？』

「はいはい。わぁ、ほたるちゃん、泣いてるじゃん。どしたのよ」

『いやもう、最近イヤイヤ期でさ。何をしてもイヤって泣くもんだから、大変よ』

「あはは、可愛い。お～い、ほーちゃん、おばちゃんだよ～」

みずきは受話器の向こうにいるであろう、姪っ子に声をかける。

――そう。弟の理玖は、もうパパなのだ。

理玖は母と同じ看護師を目指して大学の看護学部を卒業した。

そして大学附属の病院に就職が決まったまでは良かったが、なんとそれから一年後、授かり婚をしてしまったのだ。

お相手は高校生の時から交際していた同級生で、母もみずきもよく知っている子だった。

とはいえ、弟夫婦はまだ社会人二年目で、心配だからと実家で同居することになったのだ。

世の若い女性は姑《しゅうとめ》と同居など嫌がるものだが、義妹となった亜美《あみ》はそのうちに入らず、彼女の方が母との同居を望んだらしい。

（まあ、高校生の頃から知ってる子だしねぇ）

母との付き合いも長いので、息子の彼女というより、姪のような扱いになっていたくらいだし、なにより母とウマが合うようだ。

とまあ、そういう理由もあって、みずきは実家を出て都内で就職する決意を固めたのだ。

もし理玖の結婚がなければ、母を置いて東京《とうきょう》に出ることは考えなかっただろう。

『ダァメだ。ほたる、電話もイヤだって』

「あははっ、反抗期！　まだ二歳なのに！」

『いや、二歳だから、イヤイヤ期』

「なるほど、イヤイヤ期」

子どもがいないのでよく分からないが、イヤイヤ期であるらしい。

「で、どしたのよ？　なんか用だった？」

『いや、もうすぐ親父の命日でしょ。今年は墓参り、帰ってくるの？』

「あー、そんな時期だっけ」

父はみずきが十三歳、理玖が十歳の時に亡くなった。末期の膵臓癌《すいぞうがん》で、病気が判明してから一ヶ月も経たずに逝《い》ってしまった。

あまりにもあっという間で、呆然《ぼうぜん》としたのを覚えている。

だが大きくなってから亡くなったので、父との思い出はたくさんある。

優しい人で、笑うと目尻に皺ができた。本が好きな読書家で、よく本屋さんに連れて行ってくれた。本だけはどんなに高くても買ってくれた。

家族を愛し、家族に愛された人だった。

だから毎年命日は家族全員でお墓参りに行くのだ。

「行くよー、今年も。当たり前じゃん。昼にはそっちに着くと思うから」

『そっか。了解。じゃあおかんにも言っとくわ。あ、来る時、駅であれ買ってきて』

「はいはい、糀谷《こうじや》のお団子でしょ。お父さんが好きだったやつ」

『そうそう。頼んだよ』

「はいはい」

それを最後に通話を切ろうとした時、思い出したように理玖が言った。

『あ、お姉』

「ん？」

『仕事、どう？　無理してない？』

ふふ、と小さく笑みが漏《も》れる。弟はなんだかんだと姉を心配してくれる。幼い頃から変わらず、優しい子なのだ。

「してない。大丈夫！　主任になったって言ったでしょ？　やり甲斐あって毎日ワクワクよ」

『ワクワクって、子どもかよ。まあ、元気そうだね、良かった。なんかあったらすぐに連絡してくれよ』

「はいはい」

『あと、ゲームはほどほどにして寝ろよ！　ＥＤまだ続けてるの？』

「やってるやってる〜！　理玖はもうＩＮしないの？」

『俺はもうそんな暇ないよ。仕事と子育てで手一杯。ゲームまでしてたら睡眠が削られる。お姉もほどほどにしなよ。睡眠は長生きの秘訣だよ！』

「はーい」

昔はみずきが面倒を見ていたのに、今では理玖に面倒を見られているみたいだ。

「は〜、ありがたいねぇ」

クスクス笑いながら通話を切ったみずきは、幸せな気持ちのままパソコンの電源を入れる。

理玖には釘《くぎ》を刺されたが、今からまさにそのゲームの時間である。

「へっへっへ。すまねえ、弟よ。お姉ちゃんはＥＤが生き甲斐なのよ……」

ここにはいない弟に謝りつつ、みずきは今夜も仮想世界へダイブするのだった。

＊＊＊

セコロ：「あっ、ズッキー、おかえり〜」

ズッキーニ：「わー！　ただいまです、セコロさん！　もうＩＮしてるの？　今日早いんですね！」
セコロ：「今日から休暇なのよｗ」
ズッキーニ：「あ、そうか～！　セコロさん海外在住だもんね。外資系の企業はバカンスがあるのか。長期休暇！　羨《うらや》ましい！」
セコロ：「まあね。その分みっちり働くんだけど」
ズッキーニ：「こっちなんて、長期休暇って言っても一週間もないですからね⁉」
セコロ：「それ長期じゃないでしょｗ」
ズッキーニ：「えーん！　それうちの社長に言ってやってくださいよ！」
ヨハネ1689：「あ、ズッキーだぁ！　おかえりおかえり～♡」
ズッキーニ：「ヨハちゃん、ただいまただいまー！」
ヨハネ1689：「セコさんもいるじゃ～ん。ギルマスとサブマス揃《そろ》ってる！　向こうに鳥坊主さんいたよ。四人集まったし、さっそくクエ行っちゃう？」
セコロ：「ちょっと待って。それじゃタンクばっかりになるでしょ。ズッキーはアタッカーだけど、その装備だとこのクエ攻略するにはちょっと足りないし、タンク三人とはいえ、ヒーラーなしで勝てるとは思えない。もう一人ヒーラー連れてこないと無理よ」
ヨハネ1689：「ぴえ～。セコさんタンクなのにバカつよだからいけるかと思ったの～」

セコロ：「いくらアタシでも三人抱えては無理ｗ」
ヨハネ1689：「あ、そだ。そういえば、またオフ会やりたいってタコちゃんが言ってましたよ」
セコロ：「急に話変えるじゃんｗｗｗ」
ズッキーニ「いいねいいね！　私も行きたい、オフ会！」
ヨハネ1689：「おけ～！　ズッキー参加って伝えておく～！」
セコロ：「いいわねぇ、私もオフ会行きたい」
ズッキーニ：「あー、セコさん外国ですもんねぇ。さすがに物理的に無理かぁ。セコさんに会ってみたいですけどね～」
セコロ：「あら。ズッキーがそう言うなら頑張っちゃおうかしら」
ヨハネ1689：「えーっ！　セコさん来るの!?　マジで!?」
セコロ：「行けたら行くわ」
ズッキーニ：「出た、絶対来ないやつｗｗｗ」

＊＊＊

本日のクエストを無事に終えて、セコロはタブレットのアプリを終了させる。

「オフ会、か……」

指で画面を操作しながら、頭の中でスケジュールを組んでいく。

「……いいね、そろそろ頃合いだと思っていた」

クックツと喉の奥を転がすように笑いながら、タブレットの画面の中に現れた、愛しい女性の姿を指の腹でそっとなぞった。

「待っていて、みずき。……やっと、会いにいくよ」

第二章

ベッドの軋《きし》む音が部屋に響く。

彼が触れる場所、全てが溶けるほど気持ちがいい。

その指先から麻薬でも出ているのかと思ってしまうくらい、彼の動きに自分の体が反応するのが分かった。

熱い吐息《といき》が汗ばんだ肌を滑る、その感触すらも快感を煽《あお》る。

「みずき……、みずき……！」

自分の名前を呼ぶ声は切なげで、こちらの胸がきゅうっと締めつけられる。

(どうして、そんなに苦しそうに私を呼ぶの)

ここにいるのに。どこにも行かないのに。

抱き締めて慰《なぐさ》めてあげたいと思うのに、その声色に反して彼の動きは苛烈だった。

激しく揺さぶられ、体の奥を暴かれている状況では、うまく言葉を紡ぐことすらできない。

嵐の海に揉《も》まれる小舟のように翻弄《ほんろう》され、胎《はら》の奥に燻《くすぶ》る快感の火種が勢い良く燃え上がっていくのを感じた。

「みずき、好きだ……！」

譫言《うわごと》のように呻《うめ》いて、彼が腰を振る動きを加速させる。

根本まで咥《くわ》えさせられていた猛々《たけだけ》しい雄蕊《ゆうずい》をずるりと引き抜かれ、すぐさま最奥を突くように叩《たた》き込まれる。

素早く鋭《するど》いその突きは、吐精を促す動きだと、みずきは体で知っていた。

何度も何度も奥を突かれるうちに、鈍い痛みが唐突に快感に変わる瞬間が来る。

（あ……ああ……っ！）

目の前に青白い火花が散った。

「みずきっ……！」

最後の重く深い一突きの後、彼が覆《おお》い被さるようにしてキスをしてくる。

舌を差し込まれ、めちゃくちゃに口内を掻《か》き回されながら、自分の胎の中で彼が弾《はじ》けるのを感じた。

膜越しに感じる彼の快楽の印《しるし》を愛しく思いながら、みずきもまた高みに駆け上がる。

愛しい彼の名前を呼びながら……。

「千歳《ちとせ》……」


「――って、嘘《うそ》でしょ！」

ガバリと飛び起きると、心臓がバクバクと早鐘を打っていた。

全身から汗が噴き出し、パジャマが肌に張り付いて気持ちが悪い。

――いや、それよりも気持ちが悪いのは、自分が今まで見ていた夢だ。

「……やだもう、さいっあく……！」

よりによって、黒歴史とも言える元カレとセックスしている夢を見るなんて。

最悪の夢見すぎる。

（もう、あれは黒歴史でしょう！　忘れたはずなのに、なんで夢なんて見るのよ……！）

最初から自分を裏切っていた男。

あの男が言ったことは全部嘘だったのに。

「愛してる」も「好きだ」も、「可愛《かわい》い」も「きれいだ」も、あのくしゃっとした笑顔も、全部紛《まが》い物だったのに。

思い出すだけで、今でも悲しみと怒りが込み上げてくる。

みずきは枕を掴《つか》むと壁に思い切り投げつけた。

「夢になんか出てこないでよ！　もう、あなたなんて要《い》らないんだから！」

枕は羽毛でできていて、ポフッと壁に当たった後、ポトリと床に落ちる。

迫力のないその姿がまるで自分を見ているみたいで、みずきはため息をついてベッドを出た。

「……はぁ。バカみたい、私……」

いつまで過去の幻影に捕らわれているのだろう。

千歳と別れたのはもう五年前だ。

マンションでの別れの後、みずきは千歳を徹底的に無視した。

千歳自身も自分が二股をかけていたことを悪いことだったと自覚があったのか、その後大学には必要最低限しか出席しなかった。

元々学年が違っていて、既《すで》に学部の最終学年だった千歳とみずきが鉢合わせることはほとんどなく、あったとしても会話をすることも目を合わせることもしなかったので、彼が卒業するまで接することはほとんどなかった。

当然だが二人が別れたことはすぐに周知され、周囲もみずきの前で彼の話題を出さなかったのはありがたかった。

後から聞いた話だが、千歳は卒業はしたらしいが、卒業式には来なかったそうだ。

卒業式では、学部の後輩たちが花束を渡すのがセオリーなのだが、そこにみずきがいるかもしれないと危惧したのかもしれない。

(……私も行かなかったけどね)

千歳に花束を渡すなんて、とんでもない。

それに彼が後輩たちから良き先輩だったと祝福を受けて卒業するところも見たくない。できるなら、記憶から抹消したい存在だったのだから。

「本当に、未《いま》だにこんな夢を見るなんて、信じられない」

きっと昨日、紘子《ひろこ》が話題に出したからだろう。

「もう、紘子のせいなんだからね。今日会ったら、文句言ってやる……」

心の中で責任転嫁しながら、みずきはシャワーを浴びにバスルームへ向かう。

そろそろ支度をしなくては。

今日は土曜日。同窓会という名の女子会だ。

と言っても、大学時代の同級生の中で、今東京《とうきょう》に住んでいる者たちだけなので、集まるのはみずきを含めて四人しかいないが。

確か薬学部の同級生が七十人いるはずなので、四人が多いのか少ないのかはよく分からないが、それでも定期的に集まるメンバーが四人もいるのは幸いなことなのだと思う。

「友達には、恵まれてるわよね、私」

恵まれなかったのは、男運だけ——そんな愚痴《ぐち》を吐《は》きそうになって、みずきは慌てて首を横に振る。

「ネガティブなことは言わない！　今日は楽しいことがあるんだから！　気分上げていかないと！」

よし、と気合を入れて、みずきはシャワーの栓を開いたのだった。

＊＊＊

集まったのは、小洒落《こじゃれ》たお寿司屋さんの個室だった。

柔《やわ》らかい色合いの大理石柄の床に、レンガ風のタイルを張られた壁、パイル素材で作られた幾何学的な形の照明に、北欧風のデザイン性のあるテーブルとチェア、と不思議な組み合わせなのにとてもオシャレに見えるお店だった。

みずきが到着した時には既に他のメンバーは揃《そろ》っていて、口々に「遅い～」、「待ってたよ～」

「久しぶり！」と声をかけてきた。

「わ～！　みんな、元気だった？」

懐かしい面々に嬉《うれ》しくなり、高い声が出る。

「珍しいねぇ、律儀なみずきが遅刻なんて！　またゲームしてたんでしょ」

空いていた席に座ると、隣に座っていた紘子に肘で突《つつ》かれた。

彼女ももちろん、仲良しメンバーの一人だ。

「あ～、違う違う。ゲームじゃないんだけど、今朝はちょっと夢見が悪くて……」

手をパタパタとさせながら答えると、紘子がニヤリと笑った。

「あー？　いやらしい夢でも見たんじゃないの？」

「ばっ……！」

図星を指されて、みずきは思わず顔を真っ赤にしてしまう。

するとその様子を見た友人たちが、一斉に騒ぎ立て始めた。

「えーっ！　やだマジで！　あの堅物みずきが!?」

「ちょっとちょっとちょっと！　相手は誰よ!?」

「これは初っ端から面白いニュースが飛び出したね！」

面白おかしい話に仕立てようとしているのが見え見えだ。

久々の集まりで、みんな少しはしゃいでいるのだろう。

その気持ちは分かるが、おもちゃになってやるほどお人好しではない。

「もう、みんな落ち着いて。そんなんじゃないし、いやらしい夢じゃなくて悪夢だから」

どうどう、と馬を落ち着かせるように両手を振ると、皆が「なーんだ」と口を尖《とが》らせる。

「みずきの浮いた話なんて久しぶりだから、つい嬉しくなっちゃったわ」

「わかるー！」

「ねー！」

そういう彼女たちの言葉の裏に、千歳との破局があるのを、みずきは分かっている。

あの時みずきが酷く打ちのめされて、落ち込んでいたことを彼女たちは知っていて、心配してくれているのだ。

「あはは、ご心配、ありがと。残念ながら今のところそういう話はないんだけど、あったらすぐに報告するよ」

「お～！　楽しみにしてるから！」

「ね、そろそろ注文しないと！」

「あ、そうだね！」

「どうする？　ランチのセットもあるよ！」

皆でわいわいとメニューを眺《なが》めていると、学生時代に戻ったような錯覚にとらわれる。当時はお寿司屋さんなんかじゃなくファミレスだったけれど、ただ一緒にいるだけで何をするのも楽しかった。

（こういう感覚、多分ＥＤ《エターナルドリーム》やってる時と一緒なんだよねぇ……）

オンラインゲームも、ＩＮすれば皆と繋《つな》がっておしゃべりができる。クエストを攻略することももちろん楽しいが、多分皆でやるからこれほどハマったのだろう。

（そういえば、またタコさんがオフ会開催するってヨハちゃんが言ってたな……）

タコさんとはＥＤの中で同じギルドに所属するゲーム仲間で、本当のハンドルネームは『オクトPASS』だ。ヨハちゃんも同様で、ハンドルネームは『ヨハネ1689』。数字に深い意味はないそうだ。

ちなみにみずきのハンドルネームは、本名をもじって『ズッキーニ』である。

みずきたちが所属しているギルドを運営しているのは、ギルドマスターの『セコロ』さんで、頼り甲斐《がい》があって皆から慕われている。ゲームのことでもそうでなくてもなんでも相談に乗ってくれる頼もしい姉御、といった感じだ。

（オフ会、楽しみだな～。この間はタコさんが酔っ払って居酒屋で寝ちゃったんだよね。ヨハちゃんが叩《たた》いて起こしてて、びっくりしたけど笑っちゃった。みんな行きたいって言ってたけど、遠くの地方からは無理だよねぇ……）

ギルド内でのオフ会は、過去にも二回ほど行われていて、取り仕切ってくれるのはいつもタコさんだ。タコさんが都内在住であることや、交通の便からして都内でオフ会を開催する流れになってしまうので、地方在住者の参加はなかなか難しい。

こういう時、東京に出てきて良かったと思う。

（セコさんにも、会ってみたいんだよなぁ）

ギルドマスターのセコロは海外在住なのだ。さすがに参加は無理だ。

きっと皆が一番会いたいと思っているのは彼女だろうから、本当に残念だ。

「ちょっと、みずき。何思い出し笑いしてるの？」

「あっ、ほんとだ。いやらし～！」

「ニヤニヤしちゃって～。やっぱり本当は彼氏できたんじゃないの⁉」

オフ会のことを考えていたら、顔が緩んでしまっていたらしい。

皆から集中砲火を喰らい、みずきは慌てて否定した。

「違う違う！　昨日のゲームのことを思い出して、つい」

すると皆が一斉に呆《あき》れたような顔になる。

「またゲーム？　本当にハマってるんだねぇ」

「夢中じゃん。ほんと色気ないなぁ」

しょっぱい反応に、みずきは唇を尖らせた。

「いいじゃん。面白いんだよ」

「去年から言ってるよね、それ。EM？　だっけ？」

「EDだよ。エターナルドリーム」

「そんなに夢中になるくらい楽しいんだ？　どんなやつ？」

一人がEDに興味を示してくれたのが嬉しくて、みずきはサッとスマホを取り出してEDのアプリを立ち上げる。

パソコンにも入れているが、スマホにもEDのアプリを入れてあるのだ。

「これ！」

スマホの画面を友人たちの前に出すと、興味を持ってくれた子が「あれ……？」と首を傾《かし》げた。

「このイラスト、このアニメに似てない？」

「え？」

彼女が指したのは、期間限定コラボで登場する他作品のキャラクターだった。

「あ、これは……」

今だけのコラボで登場する他作品のキャラだよ、と説明しようとする前に、友人が自分のスマホを差し出してきた。

「これこれ、このアニメ！」

彼女が見せてきたのは、地元メディアのニュース記事だった。

大きな見出しで『温泉でアニメの世界へ！　ベンチャー企業、Y県の老舗《しにせ》旅館を買収し、完全リニューアル！』とある。

「この温泉、結構うちの大学の近くじゃなかった？　面白い記事だからみんなに見せようと思ってたのよ」

みずきたちの出身大学は、山の中にキャンパスがあったので、周囲には温泉街も確かにあった。

その温泉の名前を見て、過去の記憶がみずきの脳裏に過《よ》ぎる。

ずきん、と痛むのは、過去の傷跡だ。

『見て、ここ、いつか行ってみたい温泉旅館なんだ』

みずきがタウン情報誌に載っていた写真を見せると、彼はそれを覗《のぞ》き込んだ。

『ふぅん。橘花荘《たちばなそう》？　古風な温泉宿だね。……あれ？　でも近場じゃん。いつか、じゃなくて今行こうよ』

『だめ。ここは新婚旅行で行くの』

『えっ？　新婚旅行？』

『そう。ここはうちのお父さんとお母さんが、新婚旅行で泊まったお宿なの。当時お金も時間もなかったから、せめて手近な場所で贅沢《ぜいたく》をしたかったんだって。すごく素敵《すてき》なお宿だったって、お父さんが話してくれてね。だから私も、新婚旅行で行くって決めてるの』

みずきが説明すると、彼は優しく微笑《ほほえ》んでくれた。

『……いいね、それ。じゃあ、俺と行こうよ』

『……ふふ、本当？　じゃあ約束ね』

『ん。約束』

笑い合いながら、指切りをした。

他愛ない、恋人同士の口約束だ。

（……そうよ、ただの口約束……）

だから向こうも守る必要がないし、そもそも最初から全部嘘だったのだから、約束を守る気もサラサラなかったのだろう。

（だから、傷つくなんて馬鹿《ばか》げてる。もうやめなさい）

いつまで過去に囚《とら》われているつもりなのだ、と自分を叱咤《しった》して、みずきは意識を強引に現実に引き戻す。

和気藹々《あいあい》と温泉の話題を口にする友人たちの話に、笑顔で入っていった。

「えー、ほんとだ！」

「温泉とアニメ？　なんかピンと来ないけど……」

「いや、このアニメが温泉の話らしいのよ。でしょ？　みずき」

「あ、うん。確かそうだよ。ＥＤのコラボストーリーでも温泉の話出てくるし……。ほら、この建物とか、ＥＤにも登場するやつそっくり。わざわざ改築したんだね、すごい！」

このアニメは熱狂的なファンがついていることで有名だ。爆発的な売れ方ではないが、原作漫画は十年以上連載が続く秀作で、アニメも現在四期まで制作されていて、続編も間違いなくあるだろうと言われている。きっとファンは大喜びするのではないだろうか。

「へえ、すごい！　私たちがいた頃って、結構寂れた温泉街だったから、良い町おこしになるんじゃゃない？」

「え、中もすごくきれい！　ここもアニメと同じ造りになってるんだねぇ、ほら、絵と一緒！」

大学時代過ごした土地の話題は楽しいものだ。

皆でわいわいしながらスマホの記事をスクロールさせていると、アニメ制作会社の人間とベンチャー企業の社長が写っている画像が現れた。建物を案内している最中なのか、後ろ姿で、顔は横顔が一部見える程度しか分からない。

だがそれを見た瞬間、みずきの心臓がぎゅっと縮んだ。

「……っ」

思わず息を呑《の》んだみずきの隣で、紘子が怪訝《けげん》な声を出す。

「ねえ、待って。これ、あいつに似てない……？」

彼女が指すのは、みずきが息を呑んだ人物と同じだった。

カラーリングしなくとも色素の薄い髪、小さな頭に、長い手脚。遠目からでも目立つ、モデルのような完璧なスタイル――。

「え？　まさか……」

「あれ……やだ、本当だ……。似てる、ね……？」

紘子の指摘に、他の二人も狼狽《うろた》えた声で言った。

（……確かに、似てる……千歳に）

みずきは黙ったまま、スマホの画面に映るその姿をじっと睨《にら》む。

無言になったみずきに、紘子がハッとした表情になり、取り繕うように笑った。

「やだ、違うよね。ごめん、私ったら。だってこれ、オランダのベンチャー企業の社長って人だもん。坂上《さかがみ》は実家を継いだんだから、違う人に決まってるじゃん」

紘子の言葉に、皆が同調した。

「あっ、そうだった。あの人、製薬会社の御曹司だったわ」

「今頃社長とかになって偉そうにしてるんだよ、きっと」

「あーびっくりしたー！」

皆が自分に気を遣ってくれているのを感じて、みずきは微妙になってしまった雰囲気《ふんいき》を変えようと笑顔を作る。

「私も思わず焦《あせ》っちゃったわ～！」

みずきの明るい声に、皆がホッとしたように頷《うなず》いた。

「ああ、やだやだ。せっかく集まったんだから、やめよ、嫌な話題なんて！」

「ホントホント！」

「ねえ、見て。この櫓巻《やぐらま》きって美味《おい》しそう！　めっちゃいろんな具が入ってる！」

「えー、美味しそう！　巻物？　でもかなりおっきいよ。食べ切れる？」

「皆で食べればいけるでしょ！」

「待って、天ぷらの盛り合わせもすごいよ」

話題がメニューに変わって、皆がまた夢中になっているのを眺《なが》めながら、みずきはそっと深呼吸をして心を落ち着ける。

（……大丈夫、落ち着きなさい。あれからもう五年も経ってるのに、こんなことくらいで動揺してどうするの。これはあの人じゃないし、私にはもう会うこともない人。だからなんの心配

も要《い》らない）

自分で自分に言い聞かせながら、ふと疑問が湧いてくる。

――心配って、何を心配しているんだろう、私。

千歳のことは黒歴史で、もう過去の話だ。偶然会う機会があったとしても、お互い見なかったことにして過ぎ去るだろう。

現に別れた後、大学で鉢合わせた時、そうしていたのだから。

会ったところで何も起きない。起こらない。

何も心配などない。

（……結局、私が引きずってるだけなのかもしれない）

いい加減、傷つけられたことに対する恨みを、忘れるべきなのだろう。

生きていればいろんなことが起こる。

嬉しいこと、楽しいことがあれば、悲しいこと、辛《つら》いことだってある。人を傷つけてしまうこともあれば、傷つけられることもある。

そういう経験をひっくるめて続いていくのが人生だ。

過去にされた酷いことを恨み続けているより、忘れて今をより充実させて生きる方がずっと健康的だし建設的なのは、言うまでもない。

（恨みを忘れる、かぁ……）

千歳につけられた傷は、多分瘡蓋《かさぶた》になるくらいまでは癒《い》えている。

だが今みたいに思い出させる出来事があると、瘡蓋は一瞬で剥《は》がれてまた血が噴き出してしまう。

傷が瘡蓋で止まってしまっているのは、自分がまだ千歳を恨んでいる証拠だろう。

（忘れたいな。恨みなんて、持っていたくない……）

だがどうすればそれを手離すことができるのだろう。

「ねえ、みずきは櫓巻きと天ぷらの盛り合わせ、どっちがいい？」

自分の考えに没頭していたみずきは、紘子に声をかけられて我に返った。

一瞬何を訊《き》かれているのか分からなくて焦《あせ》ったが、目の前に広げられたメニューを見て頷いた。

「……どっちも注文すればいいと思う！　私たちなら食べ切れるでしょ！」

「だよねぇ！」

「よっしゃ、両方追加で！」

「ねえ、さっき頼んだお寿司もまだ来てないのに、本当に大丈夫～？」

注文一つで楽しそうに盛り上がる友人たちに微笑みながら、みずきは胸の中の葛藤を奥へと押しやった。
考えたところで答えが出るものではない。
今はとりあえず、目の前のことを楽しむべきだろう。

＊＊＊

ヨハネ1689：「あ、ズッキーだ！　おつおつ〜！」
ズッキーニ：「ヨハちゃん、おつおつ！　あ、タコさんもいる！　わーい、今日はいっぱいいる〜！　休みの日はみんな早くからINしてるね〜」
オクトPASS：「乙。ズッキーこそ、休みなのにこの時間までいなかったの、珍しいな」
ズッキーニ：「うっ……！　耳が痛い！」
ヨハネ1689：「キャハハハ！　タコちゃん、ネトゲ廃人に本当のこと言ったらダメなんだよ！」
オクトPASS：「あはは、そりゃすまんかった」

ズッキー二：「笑うなー！　廃人じゃないよ！　私は今日は大学時代の友達とランチしてきたんだから！」
ヨハネ1689：「えー！　リア充じゃん！　ちょう偉いじゃん！」
ズッキー二：「そうだろう、そうだろう！」
オクトPASS：「いや友達と外食くらい、面倒臭がらずに普通に行きなさいよ、君たち……。おじさん心配になるよ」
ヨハネ1689：「……ちょっとタコちゃん。外食をお営《な》めでないよ。私たちにとっちゃ外出するだけで一大事業なんだよ！　前日から着る服を用意して、当日は早起きしてシャワーを浴びてメイクして服を着替えないといけないの！　分かる⁉　もうそれだけで二日がかりの準備が必要なの！　貴重な休みの日に！　そんなことをできるなんて！　偉すぎるでしょうが！」
オクトPASS：「お、おう……おじさんが悪かった。すまんかった」
ズッキー二：「ヨハちゃん、どうどう。まあ私はヨハちゃんほどメイクとか頑張らないからアレだけど、ヨハちゃんいっつもめちゃくちゃ可愛くしてるもんね。大変だよ」
ヨハネ1689：「あたいのメイクもお洋服も香水も、全部鎧《よろい》だから！」
オクトPASS：「若い子大変だな～」
ズッキー二：「タコさん、私の六つ上なだけでしょ。何を老人のようなことを」

ヨハネ1689：「あたい、オフ会のために新しいお靴買いました！」
オクトPASS：「えっ⁉　まだ日時決まってないのに⁉」
ヨハネ1689：「そうだよ！　だから早く決めて、タコちゃん！　あたい超楽しみにしてるんだから！」
オクトPASS：「すごい圧かけてくるじゃん……。外出は億劫《おっくう》なんじゃなかったんかい」
ヨハネ1689：「オフ会は別～！　みんなに会いたいのじゃ～！　お靴も見せたいっ！」
オクトPASS：「分かった分かった。え～でも、おじさん、今月出張とかあって、空いてる日がもう来週末くらいしか……」
ヨハネ1689：「じゃあ来週末で！」
オクトPASS：「即答するじゃん。まあ、いいけど～。急だし、みんなの予定もあるから、集まる人少ないかもよ～？」
ヨハネ1689：「地方の人たちも来れるやつはまた開催すればいいじゃん！　タコちゃん、あたい、ズッキーと極厚《ゴクアツ》っちは絶対来るでしょ？」
ズッキー二：「行く行く～！」
オクトPASS：「まあ、極さんは来るだろうねぇ。まあ四人来れば十分かぁ。前回とほぼ同じメンツだなぁ」

ズッキー二：「ギルドの初期メン勢揃《ぞろ》いですねー！」
ヨハネ1689：「これでセコさん来てくれたら、初期メン勢揃いなんだけどなぁ」
オクトPASS：「セコさんは無理っしょ」
ズッキー二：「まあ海外からは無理だよねぇ。私もめちゃくちゃ会ってみたいけどね。あれ？　そういえば今日、セコさんいないね？」
オクトPASS：「急な仕事でも入ったんじゃない？」
ズッキー二：「でもバカンスに入ったって言ってたよ？」
オクトPASS：「あ、そうなんだ？　じゃあバカンスでどっか行ってるのかもよ。クソー、外資系羨《うらや》ましいぜ……」
ヨハネ1689：「いやタコちゃん経営者でしょ。休暇なんか取り放題なんじゃないの？」
オクトPASS：「そういうわけにいかないの！　上が働かないと下が働くわけないでしょ！」
ヨハネ1689：「シャカイジン、タイヘンデスネー」
オクトPASS：「棒読み！　この学生めぇ！」

＊＊＊

セコロ名義ではない別のアカウントでEDのギルド内チャットをタブレットで眺めながら、セコロは軽く眉を上げる。ちなみに、別アカを作ったのは、その方が彼女の動向を把握しやすいからだ。

「おっと、オフ会来週開催かぁ。思ったよりも早いな」

こっちはまだデュッセルドルフで、日本に入ってもない。

明日以降、一度デン・ハーハにも戻らないとならないのだが……と考えながら、タブレットのアプリを操作してスケジュールを確認する。

「……まあ、できないことはないな」

どうせ今月中には日本入りする予定だったのだ。それが少し早まるだけだ。

そもそも、他の予定が入っていたとしても、そちらをズラしていただろう。

「君以上に重要な予定なんてないからね」

囁《ささや》くように言いながら、指をスライドさせて愛しい女性《ひと》の画像を出す。

ギルドメンバーと楽しそうに笑っている画像は、前回のオフ会の時の写真だ。

艶《つや》やかな黒髪をハーフアップに結い上げている。

学生時代はずっとショートカットだったけれど、社会人になって伸ばしたらしい。

短いのも可愛かったが、長いのもよく似合っている。

「まあ、君はなんでも似合うけどね」

長かろうが、短かろうが、正直に言えば、髪型なんてどうでもいい。

重要なのは、彼女が『阿川《あがわ》みずき』であるということだ。

みずきであれば、どんな髪型をしていようが、どんな格好をしていようが構わない。

自分にとって大事なのは、それだけなのだ。

「早く、会いたいね、みずき……」

セコロはうっとりと彼女を見つめながら、呟《つぶや》いたのだった。

第三章

翌週の金曜日。

みずきはＥＤ《エターナルドリーム》のギルドメンバーとのオフ会へと向かった。

新宿《しんじゅく》にあるイタリア料理のお店で現地集合だったのだが、「新宿駅は迷路のようで毎回迷う」とみずきが訴えたら、ヨハネ1689ことヨハちゃんが分かりやすい場所で待ち合わせをしてくれたのだ。

東口を出てすぐのファッションビルへと歩いていくと、ちょうどエントランスの脇に、ヒョロリと細身の大学生ぐらいの男性が立っていた。

黒いパンツに異素材パッチワークのアシンメトリーなコート、マットコートされたこなれ感のある革靴、リングにイヤーカフなどのシルバーのゴツいアクセサリーをしている。直線的なカットをされた重めのマッシュヘアが印象的だ。

こだわりのあるオシャレをしているのが一見して分かる、かなり目立つ男の子である。

彼はみずきに気がつくと、パッと顔を綻《ほころ》ばせてブンブンと手を大きく振った。

「ズッキー！　こっちこっち〜！」

「わー、ヨハちゃん、お待たせしてごめんよー！」

駆け寄りながら謝ると、ヨハちゃんはニコニコしながら首を横に振る。

「全然待ってないよ。お仕事お疲れ様〜！」

——そう。この男の子はヨハネ1689ことヨハちゃんなのである。

EDの中では女の子のキャラクターを使っているが、現実では大学生の男の子である。とはいえネットの世界では性転換はよくある話で、ヨハちゃんの他にも自分の性別と逆のキャラクターを使っている人はたくさんいる。今日会う予定の極厚《ゴクアツ》こと極さんも、男性キャラを使う女性である。

「ヨハちゃん、お迎えありがとう〜！　そして今日も素敵《すてき》だねぇ！　オシャレだ〜！」

ヨハちゃんはオシャレ大好き男子で、メイクもバッチリしている。そのテクニックは素晴らしく、女性であるみずきよりも数段上手である。

「ふふ、ありがと！　ズッキーも素敵だよ！」

「あは……どうもどうも……」

褒《ほ》めてもらったが、みずきは仕事帰りなのでいつもの通勤服——研究職なのでスーツではないが、ニットとスラックスにコートというなんでもない格好である。素敵なわけがない。

「今日楽しみだねー！　みんなと会うの、半年ぶり？」

ヨハちゃんは現実でもＥＤの中とほとんど同じ喋《しゃべ》り方をするのだ。

どちらかというと女性っぽい喋り方なのに、彼にはとてもよく似合っているから不思議だ。

「そうだね。ほぼ毎日ＥＤの中で会話してるから、半年ぶりっていうのもなんか変な感じ」

「ねー！　僕もそう思う！　毎日会話するって、それもうほぼ家族じゃんね！」

「あはは、ほんとだ！　じゃあセコさんがお母さんで、タコさんがお父さんかな？」

「えータコちゃん、お父さんっていうか、歳の近い叔父さんって感じ」

「あははは！　めっちゃ分かる！」

半年ぶりに会った人で、しかも実際に会ったのは今日で三回目だ。それなのに、毎日チャットで話しているせいか、会話のネタに困らない。

(ネットでの出会いって、気をつけないと怖いって言うけど、私の場合は知り合う人みんないい人ばっかりだよね。これってめっちゃラッキーなんだろうなぁ)

二人でおしゃべりしながら歩いていると、すぐに目的地に到着した。

チーズ料理で有名なイタリアンバルだ。

入り口からしてオシャレな雰囲気《ふんいき》が漂う建物に、二人で「わぁ」と歓声を上げる。

「いかにもタコさんが選びそうなお店！」

「僕も思った！」

タコさんは経営者という職業柄か、情報通でグルメなので、今話題のオシャレで美味《おい》しいお店をよく知っているのだ。

「みんなもう来てるかなぁ」

「お店の予約、『村田《むらた》』で取ってるみたいだよ」

「誰、村田」

こうして仲良く集まっているが、実はメンバーみんな、お互いの本名は知らないままだったりする。まさか村田がタコさんの本名なのか、それ聞いていいのか、と内心焦《あせ》っていると、ヨハちゃんがニヤリと笑った。

「なんか、タコちゃんがお店予約する時にいつも使う仮の名前らしい」

「ぶっは！　なるほど！」

些細《ささい》なことが楽しくておかしい。

店に入って「村田（仮）」と告げると、笑顔の素敵な店員さんが個室に案内してくれる。

こぢんまりとした部屋には、既《すで》に男性と女性が席に着いていた。

グレーのスーツを着た三十代くらいの男性と、メガネの似合うキリッとしたスレンダー美女だ。男性の方が、オクトPASSことタコさん、女性の方が極厚こと極さんである。

「おー、来た来た～！　お疲れさんー！」

「こんばんは。お久しぶりです」

ノリの良いタコさんと、礼儀正しい極さんは対照的だ。

だが不思議とウマが合うらしく、EDではよく一緒に行動しているのを見るし、リアルでもたまに一緒に呑《の》んだりしているらしい。

「わー、タコさん、極さん、お久しぶりですー！　会えて嬉《うれ》しいー！」

「やーん、タコちゃんは相変わらずチャラいし、極っち相変わらず美人～！　この感じ嬉しい～！」

「おうおう、のっけからご挨拶《あいさつ》だな、ヨハ」

「ズッキーさんもヨハネさんも、お元気そうでなによりです」

再会を喜び合いながら、みずきとヨハちゃんが席に着くと、極さんがメニューを手渡してくれた。

「まずは飲み物を決めましょうか」

「あ、ありがとうございます」

「あ、ぼくハイボール」

「じゃあ私はとりあえずビールかな」

二人が飲み物を決めると、極さんがテーブルに置かれているタブレットで注文を送信してくれた。流れるようにお世話をしてくれる様《さま》に、みずきは感嘆のため息をついてしまう。

「はぁ〜、極さん、毎回思いますけど、本当にスムーズな手際……さすが秘書様……」

彼女はとある企業の秘書課に勤めているらしく、職業病なのか、いつも自然と周囲の世話を焼いてくれるのだ。

ちなみに会社では制服があり、必ずストッキングを着用しなくてはならないという決まりがあるらしく、彼女のハンドルネームの「極厚」とは、お気に入りのストッキングの商品名の一部を抜粋したものだそうだ。

みずきの感嘆に、極さんは吐息《といき》のように「ふ」と笑った。

その密やかな笑い声に、みずきは不覚にもドキッとする。

目を上げると、極さんと目が合った。メガネのレンズの奥の形の良い目が、艶《つや》めきながらみずきを見つめていて、心臓が再び大きな音を立てた。

メガネで目立たないけれど、よく見たらまつ毛が長い。そして濃い。あ、右目の脇に小さな黒子《ほくろ》が。なんだこの人、色気の玉手箱か。

「秘書だとか、そういうのは関係ないかもしれないですね」

「あ、あ……そ、そうです、か？」

美女の色気に眩暈《めまい》を起こしかけながら、みずきはしどろもどろに相槌《あいづち》を打つ。

すると極さんはもう一度クスッと笑うと、女性にしては低めの、けれど響きの良い声で囁《ささや》いた。

「ズッキーさんて、なんだか放っておけない感じがするから、つい世話を焼いちゃうのかも……」

「ヒ、ヒェエエエ……！」

濃厚すぎる大人の色気に鼻血が出そうだ。

お世話してください！　と、思わず極さんの色香によろめきそうになっていると、「おいおいおいおい」というしょっぱいツッコミが入った。

「うちのサブマスにまで手を出そうとするな！　誰彼構わず口八丁で口説いてるんじゃありません、この色欲魔人が！」

うんざりした口調は、タコさんだ。

タコさんのツッコミに、極さんは「心外な」という表情で口を尖《とが》らせる。

「あら、口八丁だなんて。私は思ってることを口にしてるだけなんですけど」

「極っち色欲魔人は否定しないじゃん、大人コワ……」

「ふふ、ヨハネさんも可愛《かわい》いけど、学生さんは守備範囲外なのよ。ごめんなさいね」

「なんで今僕、振られたていになってるの!?」

どこまでが冗談なのか分からないが、極さんはこういう女性である。

わちゃわちゃと騒いでいるうちに、飲み物が届いて皆で乾杯する。

「はい、お疲れー！」

音頭を取るのは最年長のタコさんだ。

みずきはビールを呷《あお》った。

おっさん臭いと言われようが、一番好きなお酒はビールだ。

ゴクゴクと喉を鳴らしてグラスの半分ほどまで一気に呑み、「プハーッ」と声を上げていると、タコさんが噴き出した。

「ズッキー、相変わらず美味《うま》そうに呑むねぇ」

「いやー、金曜日、仕事の後の一杯、最高です」

「あっは、そりゃそうだなぁ。まあでも、最初から飛ばしすぎんなよ。今日はサプライズがあるから」

含み笑いをしながら言われて、皆が目を丸くする。

「え、なになに？　サプライズって！」

「それは来てからのお楽しみ」

ヨハちゃんの追求にも、タコさんはニマニマするばかりだ。

「え？　来てから？　ってことは、他に誰か来るの？」

「あら、そういえば、この席、もう一人分のカトラリーが用意されてますよね。さっきからちょっと不思議だったんです」

極さんがみずきの隣の席を指しながら言った。

確かにそこにはもう一人分のランチョンマットとカトラリーが置かれていた。

鈍いみずきは全く気にしていなかったが、さすが秘書さんである。洞察力が高い。

「あっ、本当だ、もう一人分ある！　え、じゃあ、誰か来るんだ？　ギルメンですよね？　誰だろう！」

「えーっ、マジマジ!?　超ワクワクしてきたんですけど！」

サプライズに沸き立つメンバーを、タコさんは満足そうに眺《なが》めて言った。

「はっはー！　絶対驚くと思う。楽しみにしてな！」

その時、低く艶《つや》やかな声が個室に響いた。

「何を楽しみにするの？」

その声を聞いた瞬間、みずきの全身が硬直する。

バクン、と心臓が痛いほど跳ねた。

さっき極さんに感じた時とは比べ物にならないくらい大きく、体の内側が軋《きし》むような音だった。

（……この、声……）

聞き覚えのある声だ。

昔、いやというほど聞いた。

それを愛しいと思っていた時もあった。

けれど、思い出すのも苦しい時の方が、もう長い。

当時の苦しみを思い出して、顔から血の気が引いていくのを感じた。

（嘘《うそ》。そんなわけない。あいつがここにいるわけなんてない……！）

みずきが青褪《ざ》めて凍りついていることに、皆は唐突に現れた人物に夢中で気づいていない。

「え、えー!?　めちゃくちゃイケメン！　何!?　この人誰!?　ギルドにこんな人いたの!?」

甲高い悲鳴のような声で、ヨハちゃんが騒いでいる。

「誰だと思う？　お前らみんな、よく知ってるやつだよ」

得意げなのはタコさんだ。サプライズが成功して嬉しいのだろう。

「オフ会初めての方ですよね？　誰かしら……」

普段冷静な極さんまで、興味津々にその人を観察している。

みずきは怖くてそちらに目を向けられないでいた。

だが、確認しなくてはならない——あの男かどうかを。

(大丈夫、あいつじゃない。そんな偶然、あっていいはずがないじゃない)

あの男がゲームをやっているのを見たことがない。ゲームに興味なんかなかったはずだ。

それに今は大きな製薬会社で、社長の後継者として働いているはずだ。忙しくてゲームなどしている暇はないだろう。きっとEDの存在すら知らないレベルだ。

だから大丈夫だ、と自分に言い聞かせるのに、不安はなくなるどころか胸の中でどんどん大きくなっていく。

(もし本当にあいつだったら……)

自分はどうしたらいいのだろうか。

逃げ出したい。

——だが、どうして?

(私が逃げ出す理由なんかない。私は何も悪いことをしていないのに)

裏切ったのは……裏切っていたのは、あいつだ。

逃げるなら、あいつが逃げればいい。

EDのギルドは、自分の大切な居場所だ。ギルドメンバーとの楽しいオフ会から、あいつのせいで逃げ出さなくてはいけないのは、どう考えてもおかしい。

自分でも名状できない恐れの感情が、怒りに上書きされる。

怒りはパワーの感情だ。向き合う気概が湧いてきて、みずきは思い切ってそちらへ視線を向けた。

その瞬間、バチッと視線がぶつかった。

向こうもこちらを見ていたようで、目が合ったことに驚いたのか、一瞬目を見張ったが、その目はすぐに嬉しそうに弧《こ》を描く。

みずきは網膜に映ったその姿を、締め出すように瞼《まぶた》を閉じた。

(――最悪だ)

最悪の予想が当たってしまった。

驚き、怒り、悲しみ、不安、恐れ――様々な感情が込み上げて泣き出したくなったが、奥歯を噛《か》んでその衝動を堪《こら》える。

(落ち着け。落ち着きなさい、私。こんなところで泣き出したりしたら、皆が不審に思う)

楽しいオフ会の場を壊したくない。

二十八歳にもなって、そんな恥ずかしい真似《まね》をしたくない。

深く息を吐《は》き出し、覚悟を決めてもう一度瞼を開く。

目に映るのは、先ほどと同じ男だ。

(――千歳《ちとせ》)

五年前、自分を裏切り、酷《ひど》く傷つけた男――坂上《さかがみ》千歳が、そこに立っていた。

冷えた気持ちが胸に広がるみずきを他所《よそ》に、タコさんが楽しそうに千歳を紹介する声が響く。

「誰だと思う？　なんと彼は、我らがギルドマスター、セコロさんです！　わざわざ外国から今日のために来日してくれたんだよ！」

そのセリフに、みずきはいよいよ眩暈がした。

(ああ、誰か嘘と言って……)

よりによって、一番仲良くしていたギルマスのセコロさんが、千歳だった。

築き上げてきた世界の半分が崩壊したような心地になりながら、みずきはそっと立ち上がる。

情緒も混線、世界も崩壊。

(――さすがにこれは、いろいろキャパオーバーすぎるでしょ！)

運命の神様がいるとしたら、あまりにも無慈悲が過ぎないか。

「……ごめんなさい、私、ちょっとお手洗いに……」

必死に笑顔を貼りつけて、みずきはサッサと逃亡することに決めたのだった。

＊＊＊

（あり得ないあり得ないあり得ない……！）

頭の中は盛大に混乱しているが、とにかく早くあいつから離れなければということだけは分かっていた。

足早に歩く……というよりもう競歩くらいのスピードで足を動かして駅へと向かいながら、みずきは状況を整理しよう懸命に思考を巡らせる。

（なんで千歳がここにいるの……⁉　っていうか、セコさんが千歳だったの⁉　嘘でしょう⁉

そんな偶然あっていいの⁉）

千歳はズッキーニがみずきだと知っていたのだろうか。

目が合った時、一瞬驚いているように見えたから知らなかったのかもしれないが、それでもどの面《つら》下げて現れることができたのか、という話だ。

過去の記憶は次々に脳に蘇《よみがえ》ってくるし、情緒は嵐のようにもみくちゃにされるしで、あれ以上あそこにいたら、気が狂うのは目に見えている。

楽しみにしていたオフ会だったが、出てくる以外選択肢はなかった。

さすがに参加費を未払いするわけにはいかないと思ったので、店員さんに頼んで、現在までの注文分の支払いを全て済ませてきた。

どうやらタコさんはコースを頼んでいたらしく、五人分のコース料金となってしまったので、お財布的にダメージが大きかったが、払えない額ではない。

(お財布のダメージよりも、私の心のダメージの方が大きいわ!)

お金よりも自分の心。

即決してカードで支払って店を出てきたが、急にいなくなって皆が心配するだろう。

「ヨ、ヨハちゃんにメッセージ入れなくちゃ……!」

狼狽《うろた》えながらもジャケットのポケットからスマホを取り出し、メッセージを打とうとした時、いきなり後ろから腕を掴《つか》まれた。

「ひっ……!」

ギョッとして声にならない悲鳴が喉から漏《も》れる。

背後を見ると、そこにはなんと諸悪の根源――ならぬ、千歳がいた。

走って追いかけてきたのか、息を切らし険しい表情をしている。

だが悔しいことに、険しい顔をしていても千歳は相変わらず美しかった。

五年の歳月を経て、より深みのある美しさを増したと言ってもいい。

彫りの深い骨格、やや目尻の下がったアーモンド型をした目には、透き通った飴《あめ》色の瞳が輝く。男性なのにまつ毛は濃く長く、その影が高い頬骨にかかっている。形の良い唇はやや厚く、それが色っぽいと、昔は思っていた。

（……今は絶対、そんなこと、思ってやらないけどっ！）

みずきはキッと千歳を睨《にら》むと、腕を掴む手を荒々しく振り払う。

「触らないで！」

低く唸《うな》るように言うと、千歳は困ったように微苦笑を浮かべた。

「ごめん」

「……なんの用ですか？」

みずきは身を守るように両腕を抱え、千歳から距離を取るために一歩後退りをする。

その様子を眺める千歳の目が寂しそうに見えて、みずきはグッと喉に力を込める。気を抜いたら、怒鳴《どな》り散らしてしまいそうだ。

（あんたにそんな顔する権利なんてないでしょ……！）

裏切られていたのも、傷つけられたのもこちらだ。

なのにどうしてそんな被害者みたいな顔ができるのか。

「……急に店からいなくなるから、驚いて……」

「どうしていなくなったか、あなたが一番分かってるはずじゃないですか？」

淡々とイヤミを言うと、千歳はまた困ったように笑ったが、それ以上何も言い返さなかった。

黙ったまま見つめてくるその目がなぜか悲しそうで、みずきはまた腹立ちが込み上げる。

「……どうしてそんな顔ができるの……っ！　悲しかったのは……、苦しかったのは、私の方だったのに！」

我慢しようと堪《こら》えていた感情が、堪《たま》らず堰《せき》を切って溢れ出した。

震える声で訴えるのに、千歳は何も言わずじっとこちらを見つめたままだ。

「……なんで……」

現れたのか。もう二度と、あんな苦しみを味わいたくない。

心から愛した人に、交わした言葉も、愛も、全て嘘だったと言われた時の虚無感《きょむかん》を、絶望感を、この男は知らないのだろう。

この男にとって、みずきとのことなど、なんでもない学生時代の思い出の一つ、青春の一コマ——その程度なのだ。

だからこんなに簡単に現れることができる。

千歳につけられた傷は、瘡蓋《かさぶた》になるまでずいぶんとかかった。別れて一年くらいは何度も悪夢を見て飛び起きたし、思い出す度に涙が止まらなくなった。

（やっと……やっと、一人で立っていられるようになったのに）

「二度とあなたの顔なんか見たくなかった」

吐き捨てるように言うと、千歳が黙ったまま瞼を伏せた。

短い沈黙が降りて、みずきはいたたまれず、その場から立ち去ろうと足を動かしかけた。

だがすぐに足を止め、千歳の顔を見上げて訊《たず》ねた。

訊《き》いておかねばならないことがある。

「あなた、私が『ズッキーニ』だと最初から分かっていたの？」

みずきの問いに、千歳はスッと微笑を消して真顔になった。

「……どう思う？」

「は？　どう思うって……訊いてるのは私の方……」

質問に質問を返されるのは好きではない。

ムッとして言い返したみずきは、目の前に大きな手を差し出されてギョッとなる。

驚くみずきを無視して、千歳はその手でみずきの髪に触れようとしてきたので、反射的に後ろに飛び退いて逃れた。

「な、何を……」

怯《おび》えるみずきに、千歳はにっこりと微笑みを浮かべた。先ほどの寂しげな微笑とは打って変わった、含みのある笑みだった。

「ねえ、みずき。俺がこうして目の前に現れたんだよ？　もう答えは分かるでしょ？」

「な……」

みずきは絶句した。

回りくどい言い方をしているが、要するに、ズッキーニがみずきだと分かっていたということだろう。

その事実を改めて振り返って、みずきの背中にゾッとしたものが走り下りた。

（待って、だって、セコさんと出会ったのは、ＥＤを始めた最初の頃……）

弟の理玖《りく》がＩＮしなくなり、最初に入っていたギルドを離れて野良《のら》でやっていた時に、声をかけてきたのがセコロだった。

ＩＮする時間帯が近いのか、一緒にクエストをしたり話したりすることが多くなり、そのうちにセコロから「今度新しいギルドを作ろうと思ってるんだけど、サブマスとして入ってくれる？」と言われたのだ。

もちろん二つ返事でＯＫした。優しく頼り甲斐《がい》のあるセコロのことが好きになっていたし、セコロと過ごす時間が楽しかったからだ。

セコロは女性のエルフのキャラクターを使っていたし、チャットの言葉遣いも優しかったので、女性だろうと思っていた。もちろん男性の可能性もあるとは思っていたが、セコロの人柄に惹《ひ》かれて仲良くなったのだから、どちらでも構わなかった。

(でもまさか、それが千歳だったなんて……!)

しかも、千歳はみずきだと最初から分かっていて近づいてきたのだ。

セコロと過ごした楽しい思い出の全てが、ガラガラと崩れていくのを感じて、みずきは震えながら千歳を睨みつける。

「……ど、どうして私だと分かったの……?」

「名前を見ればすぐ分かる。みずきをもじってズッキーニだろ。君の好物でもあるしね」

千歳はおかしそうに笑って肩を竦《すく》めた。

確かにズッキーニはみずきの好物だ。付き合っていた時、教えた記憶がある。

(こんな単純な名前にしなきゃ良かった……!)

だがまさか、元カレとオンラインゲームで接触するだなんて、誰が予想できるだろう。

「な、何が目的なの……!?」

セコロと出会ってもう四年になる。そんな以前から千歳に付き纏《まと》われていたのだと思うと、お腹の底から恐怖が込み上げてきた。

この男はどういうつもりで、四年という年月を素知らぬ顔でみずきと接触し続けたのだろうか。

ＥＤにはほぼ毎日ＩＮして、セコロと会話していた。みずきの中で、セコロはほぼ家族のような存在になっていたのに。

(酷い。こんなの酷すぎる……！)

信頼していた家族に裏切られたも同然だ。

「私だって分かったなら、近づかなきゃ良かったでしょう。どの面下げてこんな酷いことができるのよ？」

婚約者がいるのに、みずきを弄《もてあそ》んで捨てた。

その上、また騙《だま》していたのか。

信頼させ慕わせておいて、全部嘘なのにとみずきを嘲笑《あざわら》うために。

「ねぇ、まだ私をバカにし足りなかったってこと？」

ふざけるな。腹立ちのあまり、目に涙が滲《にじ》む。

みずきの怒りに気づいたのか、千歳が真剣な顔で首を横に振った。

「バカになんかしてない」

「よくも抜け抜けと。私にしたことを忘れたとは言わせない……！」

叫《さけ》ぶように言った瞬間、強い力で引き寄せられ、気がついたら抱き締められていた。

ふわり、と鼻腔《びくう》を甘い香りがくすぐる。

昔と変わらない、千歳の香水の匂いだった。

「ちょ、離して――！」

なぜこの男に抱き締められなくてはならないのか。冗談じゃない。

腰と背中に巻き付いた腕をもぎ離そうと身動《みじろ》ぎをした時、低い唸《うな》るような声が聞こえた。

「忘れてない」

「――は？」

「忘れてない。忘れられるわけないだろ。この五年間、そのことばかり考えてたよ」

引き絞るような、苦しげな声だった。

なぜそんな声を出すのか。

今さら、後悔しているとでも言うつもりか。

だがどうしてそれを信じられるというのか。

あれほど手酷《てひど》く裏切った相手の言うことなど、信じられるわけがない。

まして、正体を隠して近づいていた事実が発覚した今、この男の何もかもが信じられない。

みずきは渾身《こんしん》の力を込めて千歳の鳩尾《みぞおち》を目掛けて拳《こぶし》を叩《たた》き込んだ。

「――――ぐっ!!」

ドスッと鈍い音がして、千歳が身をくの字にしてしゃがみ込んだ。

暴力は良くないが、こちらの同意もなく抱き締める男から身を守るためだ。正当防衛のうちだろう。

「私に触らないで」

みずきは言いながらサッと千歳から距離を取り、早口で捲《まく》し立てる。

「忘れてないなら、私があなたに会いたくないことくらい理解できるでしょう？　これ以上付き纏うなら、警察に行くから。もう二度と私の前に現れないで！」

それだけ言うと、踵《きびす》を返して駆け出した。

早く千歳から逃げなければ……！

いろんなことが起こりすぎて脳がパンクしそうだったが、これだけは分かる。

（なんかヤバい！　あの男はヤバい……！）

とにかく逃げよう。

本能的に危機を感じて逃げ出すみずきの耳に、千歳の笑い声が響いた。

「……くっ、あははは！」

（何笑ってるのよ～～～!?）

笑う意味が分からないが、そんなことよりも逃げるのが先である。

みずきは振り返ることもせず、全力で走った。

だから、逃げ去るみずきの後ろ姿に向かって放たれた男の呟《つぶや》きを、彼女が聞くことはなかった。

「逃げても無駄《むだ》だよ。俺は諦めないし、もう二度と離さない」

第四章

「あらまあ、帰って来たかと思ったら、すーぐ大の字になって、あんたは～！」

呆《あき》れたような母の声に、みずきは「えへへ」と笑ってみせた。

「だぁってぇ、久々の実家なんだもん～」

「だからって荷物も放り出して、リビングで寝っ転がることはないでしょ！」

「実家の匂い、久々なんだもーん。あー気持ちー！」

実家に帰って来るのは一年ぶりだ。

正月と父の命日が近いこともあり、まとめて有給休暇を取ることにしているからだ。

「もう、三十歳にもなろうって娘が、お行儀が悪い」

「ねえ、まだ二十八だから。一気に二年も増やさないで」

母にとってはアラサーであっても子どもでしかないようで、未《いま》だに高校生でも叱《しか》るみたいにお小言を言ってくるから、なんだかホッとするやらおかしいやらだ。

とはいえ母も、久々に娘が帰って来たのが嬉《うれ》しいのか、お小言を言いつつも顔はニコニコとしている。

そんな母の表情を含めた実家の空気を満喫していると、幼児を抱いた女性が居間に現れた。

理玖《りく》の妻の亜美《あみ》だ。

「あ、お義姉《ねえ》さん、おかえりなさい！」

「わ～！　亜美ちゃん、ただいま！　きゃー、ほーちゃん久しぶり～！　大きくなってる～！」

亜美が抱いているのは、二歳になる女の子のほたるだ。

この間、理玖との電話で泣いていた姪っ子である。ほたるは母親から下ろされると、怪訝《けげん》そうな表情でみずきを見つめてくる。どうやらみずきのことは覚えていないようである。

（あはは～、まあ会ったのが一年前だし、仕方ないかぁ）

去年見た時はよちよち歩きだったのが、もうしっかり歩いているから子どもの成長はあっという間だ。

可愛《かわい》い盛りの姪っ子を抱っこしようと、みずきは寝っ転がっていた体を起こしてほたるの方へにじり寄ったが、絶賛イヤイヤ期真っ最中の二歳児は手厳しい。見知らぬ大人が近づいて来た瞬間、ビクッと体を揺らしてギャン泣きを始める。

「イヤァアアアア！」

「あっ、あっ、そんなぁ～～！　ほーちゃん、おばちゃんだよぅ……」

「イヤァアアアア！」

「ほたる、みずきおばちゃんだよ？　前にうさちゃんもらったでしょう？」

亜美が気を使って、去年会った時にみずきがうさぎのぬいぐるみをプレゼントしたことを思い出させようと言ってくれたが、二歳児に通じるわけがない。

「イヤ、イヤァ、イヤァアア！」

まるで魔物にでも出会ったかのように怯《おび》えられ、みずきはガーンとショックを受けた。

「ご、ごめんなさい、お義姉さん。今日まだお昼寝できてなくて、機嫌が悪いんです」

「い、いいの、いいの……」

口ではそう言いながらも、愛しの姪っ子に久々に会えたというのに……としょんぼりしていると、ギャン泣きする孫娘を抱き上げた母がヤレヤレとため息をつく。

「一年ぶりに会う大人のことなんて覚えてるわけないでしょ。はい、ほーちゃん、怖かったねぇ。あっちでバァバとアン○ンマンのご本読んで、ねんねしようねぇ」

幼児に不動の人気を誇《ほこ》るアニメキャラクターの名前で孫の機嫌を取りながら、母はあっさりとリビングを去った。

亜美が慌てて「すみません、お義母《かあ》さん」と言いながらついていき、リビングにはみずき一人が残された。

え、ちょっと寂しい、と思っていると、どこから現れたのか、キジトラの猫がスルリとみずきの脚に擦り寄ってきた。

「あっ、まるちゃん〜〜！」

言わずもがな、阿川《あがわ》家の愛猫まる子である。

みずきが大学三年生の時にこの家にやって来て八年、今やこの家の主であると言っても過言ではない。

「まるちゃん元気だった〜〜？　んー可愛いっ！　可愛いねぇ、まる子っ」

愛猫は久々に会う家族のことをちゃんと覚えていてくれたようで、よしよしと首を掻《か》いてやっていると、ころんとお腹まで出してくれた。サービス精神が旺盛である。

「ありがたき幸せっ」

すかさずまる子のもふもふなお腹に顔を突っ込み、スーハーと猫吸いをする。

先ほどまで日向《ひなた》ぼっこでもしていたのか、ほかほかとあったかく、おひさまの匂いがして、みずきの脳内に幸せホルモンが放出された。

「は〜〜〜幸せ……」

まる子のお腹に顔を突っ込んだまま放心していると、「ただいまー」という声と共に理玖がリビングに入ってきた。

理玖は駅までみずきを迎えに来てくれて、家にみずきと荷物を置いた後、車を駐車場に置きに行ってくれていたのだ。

実家の敷地には駐車スペースが二台分しかなく、母と亜美の分しか入らない。

理玖の車は一番大きいこともあり、少し歩くが近所の駐車場を借りているのだ。田舎《いなか》は車がないと生活ができないため、一人一台必要なのである。

「お姉《ねえ》、帰って来るなりまる子吸ってんの。ウケる」

「まる子は吸うでしょ」

「まあそれはそう」

十分吸わせてもらって顔を上げると、まる子はみずきの膝の上に陣取った。

撫《な》でてくれということだろう。

「ん～、まるちゃん可愛いっ！　でもあんた、滅多に人の膝の上に乗らないくせに、珍しいね」

まる子は気高い猫なので、人間に抱かれるのはあまり好きではない。撫でるまではさせてくれるが、膝の上に乗るのは、寒い時か機嫌の良い時に限られるのだ。

みずきのセリフに、理玖は隣に座りながら「そうでもないよ」と反論する。

「最近は抱っこもあんまり嫌がらない」

「えっ、そうなの？」

「うん。ほたるが生まれたせいもあるのかな。大人になったというか、丸くなったというか……。ほたるのこと、妹みたいに思ってるのか、尻尾掴《つか》まれたりしても絶対引っ掻かないし。まず、怒らないんだよ」

「え～……すごいなぁ、まるちゃん！」

愛しの愛猫と姪っ子の微笑《ほほえ》ましいエピソードに、みずきは感動してしまう。

飼い猫が、その家に生まれた赤ちゃんを、自分の弟妹のように面倒を見るという話はたまに聞くが、気むずかし屋のまる子にはない話だろうと思っていたのだ。

「大人になったんだねぇ、まる子」

「まあもうすぐ九歳だしね。もうシニア猫だもん」

「……シニアかぁ……」

確かに一般的に、猫は七歳を超えるとシニアと呼ばれ、食べ物や運動に気を遣ってやらなくてはならなくなる。いわゆる中年期である。

「拾った時はあんなに小さかったのにね～」

小さく痩《や》せていて頼りなく、「早く大きくなぁれ」と祈るようにミルクをやっていたのが、まるで昨日のことのように思い出される。

懐かしさと切なさが込み上げ、思わずわしゃわしゃと体を撫でてやると、それが気に食わなかったのか、まる子はすっくと立ち上がってどこかへ行ってしまった。

「あっ、まるちゃんまで私を捨てるのね……」

恨めしげに呟《つぶや》くと、理玖が隣でいきなり「ゲホッ！」と咽《む》せた。

「ちょ、は!? 何、捨てられたって、お姉、誰か付き合ってた人がいたの!?」

喫驚《きっきょう》されて、みずきは目をぱちくりさせる。

「いや、さっきほーちゃんに人見知りされたんだけど……」

「なんだ、ほたるか。びっくりさせんなよ……」

「いやびっくりしたのはこっちなんですけど……」

怪訝な表情をすると、理玖は気まずそうに眉を寄せた。

「いや、その……お姉も、恋人できてもいい頃だし……」

「何よ、『できてもいい頃』って」

「あ～、だってほら、お姉、あれ以来、恋人作らないから……」

理玖が言いにくそうに濁《にご》した「あれ」は、当然ながら千歳《ちとせ》の件だ。

大学生の頃みずきは実家暮らしだったから、交際は当たり前のように家族の知るところとなったし、千歳はみずきの家族と懇意になることを厭《いと》わなかった。

それどころか、理玖の家庭教師まで買って出たりと、自ら進んで関わりを作ろうとしていたようにも思えた。

当時のみずきはそれを嬉しいと思っていたが、今はなぜそんなことをしたのかと、千歳の厚顔《こうがん》無恥《むち》ぶりに呆れてしまう。

嘘《うそ》をつき、裏切っている相手の家族まで騙《だま》すなんて、どうしてそんな真似《まね》ができたのだろうか。

（ああ、いやだ。理玖が変なこと言うから、先週のことまで思い出しちゃった……！）

先週末、ED《エターナルドリーム》のオフ会で千歳に再会したことだ。おまけに大好きだったゲーム仲間のセコロが千歳だったこと、千歳は知っていてみずきと接していたことまで分かってしまった。本当に何度考えても最悪すぎる事態だ。

千歳がなぜそんなことをしたのか、知っていてなぜ自分の前に顔を出したのか、その他いろんな疑問が湧いてくるが、みずきはそれら全てに蓋《ふた》をすることに決めた。

なかった。全てのことはなかったのだ。

ＥＤもセコロもオフ会も、全部、なかった。

これでいい。

あの後、帰宅したみずきがまずやったのは、ＥＤのアカウントを消すことだ。この数年間コツコツと積み上げた経験値や装備、アイテム、そして居心地の良い人間関係など、手放したくなかったものがたくさんあるはずなのに、千歳と再会したことによる不安と焦燥感《しょうそうかん》はそれを軽く上回った。

大人のやり方ではないのかもしれないが、そうしないとまともな生活を送れそうにもなかった。

みずきは社会人だ。

衝撃的なダメージを受ける出来事があっても、時間は止まってくれないし、仕事は待ってはくれない。

資産家でもない限り、人間は生きていくために仕事をしなくてはならないのだ。

まして今年主任という責任ある立場になったばかりだ。

パニックを起こしている場合ではないのである。

それなのにこうして弟にまたそのことを思い出させられて、なんともしょっぱい気持ちになってしまった。

(まあ、理玖も心配してくれてるんだよね……)

みずきが千歳に手酷《てひど》い裏切りを受けて破局したことは、母も弟も知っているし、その時にみずきが情けないことに酷く憔悴《しょうすい》したのも見てきている。

理玖が姉の恋愛を心配するのは無理からぬことだ。

「理玖、あんたは間違ってる」

「え？」

「お姉ちゃんは、恋人を作らないんじゃない。作れないんです」

真顔で言うと、理玖はいっそう眉間の皺《しわ》を濃くした。

「どゆこと？」

「作りたいけどできないのよ！　そりゃ欲しいわよ、私だってスパダリ彼氏が！　欲しいけどできないのよ！　どうすりゃいいのよ!?」

みずきは別に恋人が欲しいなどとは思っていないが、そう言ってみせた。

五年前の失恋を未だに引きずっていると弟に心配されるよりは、誤魔化《ごまか》しておく方がマシだ。嘘をついている罪悪感から、大袈裟《おおげさ》に捲《まく》し立てるような説明になってしまい、理玖が呆れたような表情になった。

「そんなこと俺に言われても」

「理玖、あんたの同僚とかにいい人いない!?　かっこよくて優しくて家事もできる完璧な男性が！」

「いるわけないでしょ。俺の職業なんだと思ってんの。看護師だよ？　フルタイム三交代制という激務を完《まっと》うするだけでは飽《あ》き足らず、家事も完璧にこなすとか、相手を殺す気ですか」

「うう、じゃ、じゃあ同僚じゃなくてもいい……知り合いで……」

「あのね、東京《とうきょう》の大手化粧品会社で働くバリキャリで時間に余裕のない女子と、このど田舎のアラサー男子がどうやって付き合うんだよ。物理的に無理でしょ」

ひらひらと手を振って言われ、みずきは「えーん」と泣き真似をしておいた。

「はあ、理玖が紹介してくれる人なら、安心だと思ったんだけどな」

「何、安心て」

「だってほら。私は見る目がないからさ……」

自虐的に言ってしまって、みずきは「しまった」と臍《ほぞ》を噛《か》む。

千歳を仄《ほの》めかす話題は避《さ》けたかったのに、自ら突っ込んでしまった。

「……あのさ、お姉」

理玖がこちらを窺《うかが》うような声色を出したので、みずきはきょとんとしてしまう。

弟がこんな声を出すのは珍しい。

いつだってキッパリはっきりものを言う子なのに。

「なによ」

「……見る目、なくはないと思う、俺」

「ええ？」

言い方に笑ってしまった。

否定に否定を重ねられて、結局どっちだと苦笑が漏《も》れる。

だが理玖は笑わず、真剣な目でこちらを見てきた。

「見る目、あると思う。……千歳さんは、悪い人じゃなかった。……多分、良い人だったと思う」

真っ直《す》ぐに見つめる弟は、冗談を言っているような雰囲気《ふんいき》ではない。

発言の意図を図《はか》りかねて、みずきはなんと言っていいか分からなくなった。

「…………や、やだ、理玖。何を言って……」

「俺、病院に勤めてるだろ。勤めてみて分かったけど、医者の世界ってすごく政治的なんだ。コネとか、権力とか、小説とかドラマみたいなやつが、現実にあるんだよ。当たり前だけど、製薬会社との関係だって、すごく密接だ」

「……何が言いたいの」

製薬会社、という言葉に、みずきはピクリと頬を引き攣《つ》らせる。

「千歳さんの実家は、県内でも大きな製薬会社だっただろう？　だから千歳さんも、政略結婚だったんじゃないかな？」

理玖が懸命に喋《しゃべ》っているのを、みずきは内心混乱しながら見つめていた。

弟は急になぜこんなことを言い出したのだろう。

まるで千歳がみずきを裏切ったのは、仕方なかったのだと言い訳をされているみたいだ。

「ほら、あの頃母さんが勤めてた五百旗頭《いおきべ》総合病院、院長の苗字は『菅野《すがの》』なんだよ。知ってた？」

その名前を聞いて、ブワ、と全身に鳥肌が立つ。

『私は菅野絵里奈《えりな》』

五年も前の記憶の声が、鮮明に頭に蘇《よみがえ》った。

『私は彼の婚約者よ。ずーっと昔からの、ね』

繰り返し悪夢で見た女性が、あの時と同じ笑顔でみずきを嘲笑《ちょうしょう》する。

「菅野って、千歳さんの婚約者だった女と、同じだろ？　だから……」

「やめてよ！」

理玖の言葉を遮《さえぎ》るように、みずきは叫《さけ》んだ。

弟が何を言わんとしているのか、頭が考えることを拒否する。

温厚なみずきのいつにない怒声に、弟がギョッとしたように口を噤《つぐ》んだ。

「あいつが政略結婚だろうが、恋愛結婚だろうが、どうでもいい。そんなこと、私にはなんの関係もない」

千歳が政略結婚だったから、どうだと言うのだ。

絵里奈との結婚が本意ではなかったとでも？

だが、彼は結局絵里奈を選んだ。それだけだ。

みずきは騙されていたし、捨てられた。それは何も変わらない。

「……お姉、千歳さんは――」

「聞きたくない」

みずきは、なおも言い募ろうとする理玖をピシャリと一蹴《いっしゅう》して黙らせた。

「もう私とはなんの関係もない人よ。理玖、その名前を、二度と私の前で言わないで」

睨《にら》みつけて忠告すると、理玖はまだ何か言いたいのか、口を開いたり閉じたりする。だがみずきの硬い表情を見て、やがて諦めたように息を吐き出し、頷いた。

「――分かった。ごめん、余計なことを言った」

理玖は謝ってくれたけれど、みずきは混乱した頭をどうしていいか分からず、すっくと立ち上がってコートとバッグを手にリビングを出る。

「お姉、どこ行くの？」

「ちょっと頭冷やしてくる。すぐ戻るから心配しないで」

早口でそう言い置くと、家から逃げるように飛び出した。

＊＊＊

実家を飛び出したまではいいが、行くあてもないみずきは、フラフラと家の近所を彷徨《さまよ》っていた。

この辺の住宅街にあるのはコンビニかスーパー程度で、ファミレスなど屋内で時間を潰せる場所はない。

（……はぁ、寒……。やっぱりこっちの冬は寒いな……）

滅多に雪が積もらない東京と違い、この地元は豪雪とまではいかないが、ある程度雪が積もる。今年は遅いようでまだ雪は降っていないが、それでも気温は低い。

（でも寒い方が、考えごとをするのには向いているかも……）

先ほど自分が弟に言ったように、頭も冷えてくれそうだ。

（カッとなって理玖が喋ってる途中で遮っちゃったけど、改めて考えてみたら、重要なことだったかもしれないよね……）

理玖がなんのために千歳とのことを掘り返そうとしてきたかは置いておいて、その内容はちゃんと考えて消化しておくべきだというような気がした。

（……それにあの男、意図的に私の前に現れたみたいだったし……）

忘れたい事実だったが、現実だ。

放置してしまいたいが、千歳が意図的にみずきと接触してきたのであれば、そこに理由があるわけで、再び接触を試みようとするのは十分あり得る話だ。

だとすれば、あの時みずきが知らなかったことを知っておくのは、今後の対策のためにも必要だろう。

現実逃避したい気持ちをグッと堪《こら》え、みずきは理玖の言っていたことを思い出しながら整理しようと試みる。

（ええと、お母さんはあの頃、五百旗頭総合病院の師長をしてたって話だったよね。確かにそうだったけど……）

五百旗頭総合病院は二次救急に指定された二十四時間体制の病院なため、当時の母もかなりの激務だった。帰ってこない日も珍しくなかったくらいだ。

母はその後そこを辞め、老人介護施設に転職した。お給料は下がったが、時間に余裕ができて人生が楽しいと笑っていた。

自分たちを育て上げるために、身を酷使して頑張ってくれていたのだと思うと、申し訳なさとありがたさで涙が込み上げたものだ。

（五百旗頭にいた時、お母さんよく仕事の話をしてたけど……）

所属している病棟の医師や看護師たちの名前は、時々母の話に出てきたことがある。だが院長の名前までは知らなかった。

（お母さんの職場が、菅野絵里奈の父親が院長の病院だったかもしれないってこと……？）

頭の中に浮かび上がった可能性を、みずきは咄嗟《とっさ》に頭を左右に振って振り払った。

偶然だ。菅野なんてよくある苗字だし、たまたま同じだっただけだろう。

それにもしそうだったとしても、それと千歳の話はまた別だ。

（千歳と菅野絵里奈は、幼い頃から決まっていた婚約者だったと言っていたもの。私が千歳と付き合ったのはその後で、どうしたって婚約者がいながら私を弄《もてあそ》んだっていう事実は変わらない……）

ではなぜ、千歳は今さらみずきに接触してきたのだろうか。

あのまま順当に行けば、千歳は実家の製薬会社を継ぎ、菅野絵里奈と結婚しているはずだ。

（ちょっと待って。じゃあ既婚者だっていうのに、元彼女である私に会いに来たってこと？しかもオンラインゲームで別人のフリして近づくなんて、手の込んだ真似までして？）

——アホじゃないのか、あの男。

再び腹立たしさが込み上げてきて、みずきはハーッとため息をついた。

これでは頭を冷やすどころか、さらに加熱してしまっている。

(ダメだわ、私。千歳のことになると、感情が抑えられない……)

自分では温厚な人間だと思っていたのだが、その認識を改めなければならないのかもしれない。

「……ひとまず、コンビニでも行くか……」

冷たい飲み物でも買おう、とコンビニへと足を向けた時、「あれ？　みずき？」と懐かしい声が聞こえた。

振り返ると、そこには中学、高校と同じだった同級生の高柳亮介《たかやなぎりょうすけ》が立っていて、みずきはすっとんきょうな声を上げる。

「えっ⁉　亮ちゃん⁉　嘘《うそ》、久しぶり！」

「おーっ！　久しぶりだなぁ！　元気してたか⁉　え、去年……じゃないな？　おととし？　いや三年ぶりか？」

「えっ、そんなに経った……？　怖……。っていうか、可愛い〜〜！　もしかして、息子ちゃん⁉」

彼は小さな男の子を抱いていて、その顔がそっくりであることから、彼の子であることは一目で窺《うかが》い知れた。ほたるよりは年嵩《としかさ》のようで、人見知りをしないのか、みずきの顔を見てもニコニコとしている。

今日は幼子《おさなご》に縁のある日だ。子ども好きなみずきにはとても良い日である。

亮介はみずきの反応に満足げに微笑んだ。

「おう、可愛かろ、俺の息子！」

「いや〜ん、そっくり……。可愛い〜！」

「そうだろそうだろ！」

別に亮介に似ているから可愛いのではないが、とりあえず余計なことは言わないでおこう、とみずきは頷くに留めた。

彼は中学校の時に近所に引っ越してきた転校生で、みずきとは同じ吹奏楽部に入り、かつ同じクラリネット担当という、三年間の苦楽を共にした戦友のような関係だった。

高校も同じだったが、彼は文系、みずきは理系を選択したことでほとんど接触がなくなってしまったが、ご近所なので、会えばこうして話をする程度の付き合いは続いていた。

亮介は「よいしょ」と掛け声をかけて子どもを抱え直すと、不思議そうに首を傾《かし》げる。

「で、みずきはこんなところで何してんの？　東京の仕事は？」

「あ、今日帰って来たのよ。明日、父の命日だからお墓参りに」

「ああ、そうか。親父さんの……。じゃあ、すぐ戻るのか？」

「そうだね、仕事があるから、明日お墓参りが終わったら東京に戻るよ」

みずきが答えると、亮介は少し考え込むように目を閉じて唸《うな》った。

「そっか。うーん。……お前、今からちょっと時間ある？」

唐突に訊《たず》ねられて、みずきはパチパチと瞬《まばた》きをしながらスマホの画面を見て時間を確認する。

現在十四時過ぎ。

すぐ戻る、と理玖に言ったけれど、まだ帰る気にはなれなかったし、ちょうどいい時間潰しになるかもしれない。

理玖にはメールをしておけば構わないだろう。

「え？　えーと、晩御飯に間に合う程度なら……」

まるで小学生みたいな答え方になってしまい、亮介がぶはっと噴き出した。

「子どもかよ！　まあいいや。時間あるなら、ちょっと付き合えよ！　面白いもん見せてやるから！」

＊＊＊

亮介に誘われるままに彼の家へ行くと、車の前に彼の妻が待機していた。

どうやら家族でお出かけするところに、みずきを連れてきたようだ。

えっ、と驚くみずきと妻に、亮介は「早く乗って乗って！」と追い立てて車に乗せてしまう。

彼の車はファミリー向けのワンボックスカーで、みずきはチャイルドシートに乗った彼の子どもと後部座席に座った。運転席は亮介、助手席には彼の妻が乗っている。

「いやぁ、そこでみずき見つけたから連れて来ちゃった！　帰省中なんだってさ」

「つ、連れて来られました……」

あははは、と笑う亮介と、オロオロしているみずきを見て全てを察したのだろう。

亮介の妻が平謝りしてきた。

「お久しぶりです、みずき先輩。久々なのに、本当にすみません。このバカが、こんな急にお誘いして……！」

亮介の妻は、吹奏楽部の一年後輩だった木村桜《きむらさくら》だ。もう十数年も昔の話なのに、未だにみずきを先輩扱いしてくれるので、なんともこそばゆい。

「いやいや、私の方こそ家族の団欒《だんらん》に押しかけちゃって、ごめんね、桜ちゃん……！」

亮介に誘われたとはいえ、急に現れたらびっくりされるだろうに、考えが至らなかった。

自分のことで手一杯だったな、と反省して謝っていると、桜は「とんでもない！」とブンブンと手を振った。

「この人、このとおりお調子者で、行き当たりばったりなこととして、みんなを振り回すんです。みずき先輩が今回の犠牲者ってわけで……謝るのはこっちです。本当に」

呆れたように文句を言われているのに、亮介は反省するどころか「あはは。そんな褒《ほ》めんなって」とトンチンカンなことを言って、妻の肘鉄を喰らっている。

なかなか良いコンビである。

「……で、今どこに向かってるの？」

なんとなく聞きそびれていたので訊ねると、桜が呆れたようにもう一度夫に肘鉄を繰り出した。

「ちょっと！　行き先すら伝えてないの!?」

「えー、だって行ってからのお楽しみ、の方が良くない？」

「あんたの現場のどこにお楽しみがあるのよ、ばか！」

夫婦のやり取りに苦笑しながら、みずきは首を傾げる。

「現場？」

「あ、そうなんです。今この人が仕事に入ってる所がもうすぐ完成するので、すごいから見てってうるさくって……」

亮介は建設業だ。彼の父が建設会社を経営していて、大学卒業後は父の後を継ぐためにその会社に入って働いている。

つまり亮介の会社が建設している建物を見に行くということなのだろう。

「えっ、そんな所、無関係の私が入っていいの⁉」

どこへ行くか知らなかったとはいえ、まさかそんな場所に行く予定だったとは。

焦《あせ》るみずきに、亮介はニコニコとしながら指でＯＫサインをしながら手を振る。

「大丈夫大丈夫！　作業はほぼ終わってて、工具なんかも撤去済みだから危なくないし、施主にも許可取ってるから」

「そ、そうなの……？」

「そうそう。だから安心してな～！」

軽く受け流されて、逆に不安を煽《あお》られたのは気のせいだろうか。

（……亮介の建設現場を見るのか……）

改めて考えると、「なぜだ」と疑問が湧いてきてしまう。

みずきは建設物への興味は、今も昔もあまりない方である。

なぜ亮介は自分を誘ったのだろうか、と思ったが、多分彼は自分が興味のあるものは皆もあると思っているタイプの人だ。

そういえば彼は、昔からこういう楽天的かつ独断的な性格だった、とみずきは内心ため息をついた。

(これは桜ちゃんも苦労してるだろうな〜)

同情を込めて後輩を見ると、彼女もこちらを見て「本当にすみません」とジェスチャーで謝ってきた。

いやいや、とんでもない、と自分もジェスチャーを返しながら、「まあ、いっか」と深く考えるのをやめる。

そもそもちゃんと聞きもせず亮介の提案に乗ったのは自分だ。

見に行くという建設現場は、彼がすごいと言うのだから、それなりに面白いのだろう。楽しみにすればいい。

そうして車で揺られて四十分ほど経過しただろうか。

車は市街地を離れ、ずいぶんと山奥に入ってきた。

車窓を流れる間知《けんち》ブロックが積まれた山壁を見ながら、みずきはまた不安が込み上げてくる。

(……こんな所に建設現場があるの……?)

この先にあるのはスキー場か温泉街くらいだ。

「りょ、亮介、本当にどこに向かってるの……？」

重ねて訊ねるも、亮介は「もうすぐだから～」と言うばかりだ。

だが彼の言葉どおり、それから間もなく車がとある建物の敷地内へと入っていく。

「はい、ここでーす！」

「ここは……」

そこは古風な温泉旅館だった。亮介の車は旅館の裏口から入り、建設中だという場所へと向かっていく。

「もしかして……ここ、橘花荘《たちばなそう》？」

みずきの問いに、亮介が明るい声で「そう！」と首肯する。

「裏口からだったのによく分かったな～！　もしかして来たことあった？」

「ううん。ない。ないけど……」

知っている場所だった。

ここは亡き父と母の新婚旅行先だったのだ。

いつか自分も新婚旅行で行くのだ、と子どもの頃から憧れながら思っていた宿だったから、
旅の情報誌などに載っているこの宿の情報をじっくり読んでいた。記憶の中の写真と、目の前

の建物の雰囲気が一緒だったので、なんとなく分かったのだ。

「ここ、今、オーナーが変わって、本館のリニューアルを大々的にしたんだよ。有名なアニメとコラボしたらしくて、建物がアニメとほぼ同じなんだ」

「……うん、知ってる」

大学の友人たちとの同窓会で出た話題だ。

「えっ、知ってたの？」

「情報誌に載ってたでしょ？　教えてくれた友達がいて」

「なーんだ、そうだったのか！　でもウチが施工したのは本館じゃなくて、離れなんだよ」

「えっ？　離れもアニメに合わせてリニューアルしちゃったの？」

この旅館には本館の他に、さらにラグジュアリー感を増した「離れ」という個室がある。そこは個別の露天風呂がついていて、人目を気にせずリラックスして過ごせる特別な部屋になっている。

父と母が泊まった思い出の場所は、その「離れ」だった。

「いや、離れはほとんど前と同じだよ。でも設備がだいぶ古くなってて、そういうのをリニューアル。でもオーナーのこだわりもあってさ……」

ウキウキとした様子で説明する亮介に相槌《あいづち》を打ちながらも、みずきは気もそぞろだった。

憧れだった場所へ来ていることへの感慨と、ここに纏《まつ》わる苦い記憶を思い出したからだ。

『いいね、それ。じゃあ、俺と行こうよ』

微笑《ほほえ》みながら言った男の、美しい顔が脳裏《のうり》に浮かぶ。

『……ふふ、本当？　じゃあ約束ね』

『ん。約束』

笑い合いながら、指切りをした。

五年前に、一緒にここに来ようと、千歳と約束した。

しかも、新婚旅行で、という条件付きだ。

結婚の約束をしてもらったと、バカみたいに嬉しかった。幸せだった。

それが全部嘘だと分かった時に、みずきの中でこの『橘花荘』の夢は黒歴史に変わった。

父と母の思い出を汚《けが》してしまったようで悲しかったが、それでもこの場所に憧れなんてもう抱けなかった。

(絶対来ることはない場所だと思っていたのに……)

新婚旅行どころか、友人の思いつきで連れて来られるなんて、人生は実に皮肉である。

だが皮肉だと思いながらも、「離れ」は前のまま——父と母の思い出のままだと聞いて、少しホッとしてしまっているのだから、自分も大概素直じゃない。

みずきは心の中で自嘲《じちょう》しながら、亮介一家の後について歩いた。

きれいな玉砂利の中に、白いタイルが敷き詰められた細い道が続く。タイルが飛び石でないのは、バリアフリーに配慮してのことだろう。

その道の先に「離れ」というのが相応《ふさわ》しい瀟洒《しょうしゃ》な日本家屋が見えた。

先を行く亮介が、何かに気づいたように「あれ？」と言って、一人駆け出した。

驚いてそちらを見つめていると、離れの門の中から長身の男性が現れる。

「クラインさん！　いらしてたんですか！」

明るい声で亮介が話しかけたのは、なんと千歳その人だった。

(う、嘘!?　どうしてここに千歳がいるの!?)

仰天《ぎょうてん》したみずきは、絶句して立ち止まった。

先週に続き、地元に帰って来てまでこの男に遭遇するなんて。

あり得ない状況に神を呪いながらも、みずきの脳は瞬時にこの危機回避手段をシミュレートし始める。

「ああ、亮介くん。いや、さっき業者が庭に木を植えに来てくれて。どうなったかなと気になって、様子を見に来たんですよ」

「ああ、露天風呂の所の。桜と紅葉《もみじ》でしたっけ？」

「そうそう……」

幸いにして千歳は亮介と喋っていてこちらに気づいていない。

このまま踵《きびす》を返して逃げれば、気づかれずに逃亡できるのではないだろうか。

だが実行する前に、亮介の子が「パパ！」と大きな声を上げてしまう。

(あああああ……！)

案の定、男性二人が顔を上げてこちらを見た。

千歳の眼差《まなざ》しが真っ直ぐにみずきに向けられ、驚いたように目を見開くのが分かった。

「クラインさん、ウチの妻と息子です！」

「……妻？」

「あ、妻はショートカットの方で、その後ろのは友人です。おーい、早く来いよ！」

亮介が無邪気《むじゃき》な笑顔でおいでおいでと手招きするが、行きたいわけがない。

だが事情を知らない桜は子どもと一緒に小走りで行ってしまう。

ここで一人引き返すわけにもいかず、みずきはしぶしぶ皆の所へ歩いていった。

その間、千歳の視線が自分の動きを追っていることを感じる。

それが堪《たま》らなく腹立たしくて、無視してやりたいのに、どうしようもなく意識してしまう自分が情けなかった。

みずきの心を掻き乱すのは、これまでもこの男だけだった。

「この橘花荘のオーナーの、クラインさん」

（……クライン？）

彼の苗字ではなかったのが引っ掛かったが、みずきは敢《あ》えて口を開かなかった。

亮介たちの手前、面倒ごとを起こしたくない。ここは適当にいなして切り上げるのが最良の策だろう。

「こっちが妻の桜と、息子の楓《かえで》です」

亮介の紹介に、桜が少し上擦った声で「はじめまして」と挨拶《あいさつ》をしている。

そうだろうな、とみずきは奇妙な同情を抱いた。

（こんな人外レベルの美形がいきなり目の前に現れたら、みんなびっくりして焦っちゃうわよね……）

自分も初めて千歳に話しかけられた時、そうだった。

この男の顔面は、絶世の美貌と言っても過言ではない。

憎たらしいことに、五年の歳月を経てもその美しさは衰《おとろ》えないどころか、大人の男性の色気まで追加されたようで、滴るような美男子である。

チョコールグレーのコートに、ニットとパンツというラフな格好なのに、この男が着るとどうしてこんなにオシャレに見えるのだろうか。

（少しはカッコ悪くなってくれてたらよかったのに……）

底意地の悪いことを考えていると、亮介が手でこちらを指して言った。

「彼女は僕の友人の阿川《あがわ》みずきさんで、散歩してたら偶然会ったので、連れて来ちゃいました！」

あっけらかんとした亮介の説明に、千歳はクスッと笑って頷く。

「はは、亮介くんらしい。……でも、それで合点がいった。彼女はあまり建築なんかに興味はなさそうだったから、どうしてここにいるのだろうと不思議だったんですよ」

（――っ！）

みずきは息を呑《の》んだ。

他人のふりをしてやり過ごそうと思っていたのに、そんな匂わせるような発言をされたら、できなくなるではないか。

「えっ……？　クラインさん、みずきと知り合いなんですか？」

当たり前だが亮介が言って、きょとんとした顔でこちらを見る。

みずきは誤魔化そうとあやふやな笑顔を浮かべたが、すかさず千歳の声が聞こえた。

「みずき……さんとは、大学が同じなんですよ。同じ薬学部で」

「えっ、クラインさん、みずきと同じ大学だったんですか⁉　しかも薬学部？」

「ええ」

どんどんと暴露されていって、みずきはハラハラしていた。

(交際していたことをバラされたらどうしよう……言わないでよ？　言ったら今度こそ許さないんだから……！)

半ば祈るようにして千歳を睨《にら》んでいると、会話が意外な方向へ進んだ。

「じゃあ薬剤師の免許も持ってらっしゃるんですか？」

「そうですね、一応」

「えーっ！　じゃあクラインさん、日本で薬剤師にもなれるのにならなかったんですね。なんかちょっともったいないなぁ」

「……もったいないですかね？」

「いやぁ、薬剤師ってなろうと思ってなれるものじゃないから、僕なんかからしたらそう感じますけど。でも、そこから全く違う職種で起業されたわけじゃないですか。しかもオランダで！　やっぱりすごいっすよ、尊敬します！」

(――えっ？　オランダに戻った？　起業？)

どういうことだ、と咄嗟《とっさ》に千歳の方を見ると、彼は少し困ったように微笑んでいた。

「……薬剤師も、素晴らしい職業だと思いますよ。……でも自分には、どうしてもやりたいことがあったんです。ただそれだけですよ」

静かな口調だった。

けれどその表情は強く、揺るぎない意志が感じ取れて、みずきはなぜか落ち着かない気持ちにさせられた。

（……オランダで、起業……？　実家の製薬会社を継いだんじゃなかったの……？）

オランダは、確か千歳の母親の母国だ。その繋《つな》がりだろうか。だが彼がまだ小さい時に両親が離婚して以来、母親とは会ったことがないと言っていたはずだ。

（そういえば、亮介にはクラインと名乗っているみたいだし……）

母親の苗字までは聞いたことがなかったが、もしかしたら母親の姓に戻したと言うことだろうか。

だとしたら、菅野絵里奈とはどうなったのか。

（結婚している、はずよね？）

幼い頃から決まっていた婚約者だったのだから、当然だろう。

だが先ほど理玖が言っていたように、彼らの婚約が製薬会社と大病院との間の政略的なものだったとすれば、会社を継がなかった千歳と結婚することに意味はあるのだろうか。

――結婚していなかった、としたら？

そんなことを考えて、みずきはハッと我に返る。

（――やだ、何を考えているの、私。この人が結婚していようがいまいが、私になんの関係があるっていうの？）

何も関係ない。

過去にされた裏切りがなくなるわけではないし、千歳とのことはもう終わった話だ。

（どうでもいい。関係ない）

目の前のこの男は、自分にとって過去なのだから。

断ち切るようにして自分に言い聞かせると、みずきはコートのポケットからスマホを取り出して確認するフリをした。

「あー！　亮介、ごめん。せっかく連れて来てくれたのに申し訳ないけど、お母さんから怒りのメッセージ来てる。すぐ帰らないといけないから、ここで失礼するね」

いかにも申し訳なさそうに両手を合わせて言うと、亮介はびっくりしたように目を丸くする。

「えっ？　でもどうやって帰るんだよ？　連れて来たのは俺だし、送るよ！」

「ああ、大丈夫。だってここ、大きな旅館だし。フロントでタクシーを呼んでもらったら、すぐ来てくれるよ」

「いやいや、タクシー代、ここからだと結構かかるよ！　送るって！」

「そうですよ、先輩！　一緒に帰りましょう！」

「いや、子どもじゃないんだから、本当に大丈夫！　亮介、この建物を桜ちゃんと楓くんに見せに来たんでしょ？　まだ見てないじゃん。ゆっくり見てきなよ！　気にしないで！」

驚く亮介夫婦にひらひらと手を振ってその場を立ち去ろうとしたみずきに、落ち着いた声がかかる。

「じゃあ、俺が送っていこう」

発言の主は、千歳だった。

みずきはギョッとして首をブンブンと横に振った。

「いえいえいえ！　結構です！」

(あなたから逃げたくて言ってるのに、何言い出してくれてるのよ！)

しかも千歳は、みずきが自分から逃げようとしているのに気づいているはずだ。

先週末に再会した後、長年楽しんできたＥＤのアカウントを消去したのを、千歳が気づかないはずがない。

そこまでして関係を断ち切ろうとしたのだから、みずきの心情を察することができないなら、どこか頭のネジが外れているとしか思えない。

つまりこれはわざとだ。

(こんなことを言い出して……どういう嫌がらせよ！)

だがみずきの断りを、千歳はやんわりとした笑顔で躱《かわ》す。

「どうぞご遠慮なく。俺も今から戻ろうと思っていたところだったので、ついでですよ」

遠慮なんかしていない！　と怒鳴ってやりたかったが、亮介たちの手前できない。

「いえ、そんな、申し訳ないですので、本当に……」

なんとしても断ろうと、頑《がん》として頷かないでいると、今度は亮介が千歳に加勢し始めた。

「いや、みずき、送ってもらえよ。おばさん待ってるんだろ？」

「そうですよ、先輩。急がないといけないなら、タクシーが来るのを待ってるより早いですし
……」

「いや、でも……」

(こいつと一緒にいたくないんだってば～！)

そう言えたらどんなに良かっただろう。

だが亮介たちはみずきの嘘を信じて、心から心配してくれているのが分かるだけに、無下《むげ》にできない。

焦る状況でうまい言い訳も考え付かず、オロオロともたついているうちに、千歳がどこから

か取り出した車のキーを見せながら、爽《さわ》やかな笑顔で言った。

「決まりですね。さあ、急ぎましょうか。みずき、さん」

＊＊＊

千歳の車は国産のＳＵＶ車だった。

（……ちょっと意外……）

千歳は大学時代はインドア派で、キャンプだバーベキューだと皆が楽しそうに計画していても、滅多に参加しなかったからだ。

こんなレジャー向けの車を選ぶとは思わなかった。

「車、意外だった？」

ぼんやりと車を眺《なが》めていたら、後ろから声をかけられてビクッとしてしまう。

千歳が思ったよりも近くに来ていることに驚いて飛び退《の》くと、彼は苦い笑みを見せた。

「このあたりは冬になると雪が積もるからね。タイヤの大きな四駆が安心って勧められたんだ。

……乗って」

助手席のドアを開けて促され、みずきはしぶしぶ車に乗り込んだ。

それを確認した千歳は自分も運転席に乗り込むと、覆《おお》い被さるように身を乗り出して来たので、思わず悲鳴のような声を上げる。

「ちょっ！　何をっ……！」

目を剥《む》いて睨みつけたが、千歳は素知らぬ顔でみずきのシートベルトを装着した。

(な、なんだ……、シートベルトをしてくれただけか……)

ホッとしたような、どこか残念なような気持ちになってしまって、みずきは慌てて自分にツッコミを入れる。

「……って、いやおかしいでしょ！」

「何が？」

自分へのツッコミに千歳が返してきたが、この男へのツッコミだったら山のようにある。

「シ、シートベルトくらい自分でできるわよ！」

「へえ、そう。でも俺がしたかったから」

「は、はぁッ!?」

当たり前のようにサラリと言われたが、どう考えても屁理屈《へりくつ》である。

みずきは目を吊《つ》り上げたが、千歳はニコッと笑うと、今度は自分のシートベルトを締めた。

「じゃ、行こうか」

エンジンがかかり、車が静かに動き出す。

（……本当に、どうしてこんなことになったんだか……）

みずきはフロントガラスの向こうの景色を見つめながら、どこか諦めた気持ちで思った。

思えば先週からとんでもないこと続きで、そのとんでもないことは全部、隣で車を運転するこの男が原因だ。

（……でも、いい機会なのかもしれない）

千歳と別れて五年、一切の繋がりを断って生きてきたというのに、どうして今になって再び関わってこようとするのか。

それをハッキリさせる必要がある。

（――そうよ。どう考えても、千歳は私と関わろうとしている）

今回の橘花荘での遭遇は仕組まれたものとは考えにくいが、ＥＤのオフ会での接触は明らかに意図的だった。そもそも長年正体を隠して接触し続けていたのだから、意図的以外の何物でもないだろう。

「言っておくけど、今回のは、俺が仕組んだことじゃないよ。完全なる偶然」

みずきが問いただすより先に、千歳の方から口を開いた。

その口調は謝るふうでもなく、こちらの反応を楽しんでいるような感じでムッとなってしまう。

だがみずきはその腹立ちを、理性の力でグッと抑え込んだ。

（……冷静にならなくちゃ。じゃないと、この男のペースに巻き込まれてしまう）

千歳を前にすると、いろんな感情が溢れ出してまともな判断ができなくなってしまう。愛着のあったゲームだったのに、お世話になった人たちに挨拶もせず、アカウントをいきなり削除してしまったのがその最たる例だ。

（……私は、千歳に心を乱されるのが怖いんだわ……）

捨てられたあの時みたいな思いを、もう二度としたくない。

悔しくて、悲しくて、腹が立って、どうしようもなく苦しかった。

信じていた全てを嘘だと言われて、自分がどうしようもなく愚《おろ》かで惨《みじ》めだと思った。

自分が悪かったのだろうか。どこがいけなかったのだろうか。こんなふうに弄《もてあそ》ばれて捨てられるほど、酷い人間なのだろうか。

ああしなければ、こうしていれば――考えても詮無《せんな》いことばかりを繰り返し自問自答し、どんどん自分を嫌いになっていった。自分など誰にとっても価値のない存在なのではないかと、自暴自棄になった。

食欲はなくなり、夜も眠れず、心だけでなく体もボロボロになっていくみずきを救い出してくれたのは、家族であり、友人たちだった。

母はみずきの好物を用意し、食べるまで見守ってくれたし、理玖は明るく話しかけ続けてくれた。

紘子《ひろこ》をはじめとする友人たちは、毎日メールや電話をくれて、学校へ行くのに迎えに来てくれた。

彼らがいてくれたから、みずきは少しずつ自分を取り戻すことができた。自分が無価値な存在ではないと、再び信じることができたのだ。

(あんな絶望を、もう二度と感じたくない……!)

若かったのだと思う。自分の足で人生を歩んでいる自信もなかったし、自分の中に確固たる自信もなかった。

だから「恋人」という存在が自分を肯定してくれるものだと思い込み、千歳に傾倒していった。依存していたのだ。

仕事に誇《ほこ》りを持ち、自分の力で生きているという実感を持てる今、仮に恋をして再び破れたとしても、五年前ほどの痛手を被《こうむ》ることはないとは思う。

だがそれでも、千歳を前にするとどうしようもなく過去の傷口が疼《うず》いてしまうのだ。

(乱されたくない。ようやく平穏な人生を取り戻したの。それを守らなくちゃ……)

みずきは深呼吸をしてから口を開く。

「……今回は、ってことは、ＥＤでのことや、オフ会も、あなたが仕組んだってことでいいのね？」

「前もそう言ったつもりだったけど」

千歳は運転しながら、肩を竦《すく》めて肯定した。

『ねえ、みずき。俺がこうして目の前に現れたんだよ？　もう答えは分かるでしょ？』

オフ会の時の千歳のセリフを思い出し、みずきは奥歯を噛《か》む。

今思い返しても癪《しゃく》に障る言い方だ。

だが今はそこを言い合いするところじゃない。

「……じゃあ、なぜ？　なぜ今さら、私に関わろうとするの？」

感情的にならないように、努めて穏やかな口調を保った。

本当なら、いい加減にしろ、と怒鳴《どな》り散らしてやりたい。だがそれをやって効果があるなら、みずきは今こうしていない。

先週だって、「二度と会いたくなかった」「どの面《つら》下げて現れたんだ」と散々罵倒《ばとう》したし、なんならお腹に一発喰らわせた。

そこまでしたのに、千歳はまたこうしてみずきに関わろうとしてくるのだ。

諦めさせるには、まず近づこうとする理由を聞かなければいけない。

みずきの問いに、千歳はそれまで浮かべていた微笑をスッと消した。

「俺にとっては今さらじゃないからだ」

「は……？」

言われている意味が分からず、みずきは思い切り眉間に皺を寄せる。

運転している千歳は、真っ直ぐに前を見たまま、硬い声で続けた。

「俺は五年前から、ずっと変わってない。ずっと君を好きだし、愛している」

「――」

二の句が継げないとはこのことか。

頭の中が真っ白になった。

今、この男はなんと言った？

とんでもないこと――恐ろしい冗談を言わなかっただろうか。

（――いや冗談で済むかって話よね？）

「え、殴っていい？」

咄嗟に口を突いて出た言葉に、みずきは我ながら呆れてしまった。いささか乱暴がすぎる。だがありのまま、心のままの言葉だった。

するとと千歳はフッと噴き出して、「いいよ」と吐《は》き出すように答える。

「それで君の気が済むなら、いくらでも殴ってくれていい」

「いや気が済むとかそういう問題じゃないから。なにトチ狂ったこと言い出してるの？　あなた、婚約者がいるのに私と付き合った上に、酷い捨て方したよね？」

どの口がそんな戯言《たわごと》を言えるのか。

唖然《あぜん》として指摘すると、千歳は黙ったまま聞いていたが、赤信号でブレーキを踏んで車を停めた後、みずきの方を真っ直ぐに見た。

「そうだ。俺は君を傷つけた。でも、そうしたくてしたわけじゃない」

その発言に、みずきはスッと手のひらを突き出してストップのジェスチャーをする。

「待って。待って待って待って。よく分からないけど、五年前のことを、今さら言い訳しようとしてる？　それ、私は求めてないんだけど」

みずきはにべもなく断った。

言い訳など聞きたくない。みずきがあの時死ぬほど苦しんだのは、もう変えようがない事実だ。言い訳をされてなかったことにされたくないし、する権利がこの男にあるわけもない。

だが千歳は引かなかった。

「君はそうでも、俺はしたい。言い訳を。どうして、俺があんな真似をしたのかを」

「その言い訳をする理由はなに？　あなたの罪悪感を消したいってだけなら、私がそれに付き合う義務なんかないよね？」

「そんな理由なわけないだろう！　言ったはずだ、俺は君を今でも愛している。君を取り戻したい。それが理由だ。俺は、もう一度君に愛してもらうためだけに生きてきたんだ！」

半ば叫《さけ》ぶようにして千歳が言った。

そのあまりの内容に、みずきは言葉を失う。

（――意味が、本当に、分からないんですけど……）

衝撃的な情報が入ってきたせいで、脳内にありとあらゆる感情が溢れ出して、飽和状態だ。

ポカンとした間抜け面のまま、怒ったように真剣な表情をした千歳と見つめ合って数秒、車内の中に沈黙が落ちた。

だが次の瞬間、「パーッ！」という鋭《するど》いクラクションの音が響いて、千歳がハッとしたように前を見て「いけね」と呟《つぶや》く。

どうやら信号が青に変わっていたのに進まないから、後ろの車に叱られたようだ。

千歳が慌ててアクセルを踏み、車が再び進み始める。

みずきはまだ呆然としたまま、混乱してとっ散らかる脳内を整理しようと必死になっていた。

「……聞きたいことがたくさんあるだろうけど、順を追って説明させてほしい」

いや求めてないです、とはもう言えなかった。

何か反論しようにも脳がフリーズしていたし、千歳に何があったのか、純粋に知りたいという好奇心があった。

否定しないみずきに、許可を得たと思ったのか、千歳が静かに話し始めた。

「俺の実家は、偏見と差別だらけの、田舎の旧家そのものって感じの家でね。子どもは親の駒っていうのが当然の世界なんだ。権力者に媚《こ》び諂《へつら》い、自分より弱者を搾取《さくしゅ》する父親を、子どもの頃から死ぬほど憎んでいたのに、その父親の言うことを聞かなければいけない自分が、情けなくて大嫌いだった」

語る千歳の口調がいつになく荒々しく、表情も険しくて、みずきは少し驚いた。

だが同時に、大学時代に彼が同じような表情を覗《のぞ》かせることがあったのを思い出していた。

『俺は入りたくて入ったんじゃないからな……。みんなみたいにキラキラした目標とかないから、話せないよ』

どうして薬学部に入ったのかを訊《き》かれた時だ。

(……もしかして、薬学部に入ったのは、彼の本意ではなく、お父さんに強制されてのことだったの……？）

あの頃、自分に対して、千歳が踏み込ませない一線があると感じていた。

もしかしたら、千歳は今、その線引きをなくそうとしているのかもしれない。

「父親の傍《そば》にいたくなくて、中高一貫の全寮制の学校へ行った。大学は地元の薬学部以外認めないと言われたから、一人暮らしをするのを条件にそこに入学した。反抗しながらも、結局父親の言いなりになって生きていくんだと諦めていた時、君に出会ったんだ」

「……」

話の中に自分が早々に出てきて、みずきは内心驚きながらも黙っていた。

彼が全部話し終えるまで口を出さないでおこうと思ったのだ。

「俺はそれまで、自分の境遇を悲観してるだけだった。価値観の違う、尊敬できない父親のことも、その父親の言うことを聞かなくちゃ生きていけない自分のことも、文句を言うだけで変えようともしなかった。でもみずきは、変えるために動いてた。母子家庭で生活が大変でも、奨学金で大学に行けるくらい努力して、バイトも頑張って、その上家にまでお金を入れてた。一番すごいと思ったのは、君が自分の境遇を全く悲観してなかったってこと。みずきを見てると、自分が恥ずかしくなった。そして俺でも、状況を変えられるんじゃないかって思えるようになった」

千歳が語る自分の話に、みずきはとても奇妙な心地になった。相反する感情が渦巻《うずま》いて、これをどう捉えればいいのか分からなかった。

一つは、そんなふうに思ってくれていたのか、という安堵《あんど》に似た感情だ。

千歳と付き合っていた頃——裏切りが発覚する前までは、みずきは彼と過ごした時間はかけがえのないものだと感じていた。千歳を尊敬していたし、彼を大切に思っていた。そして同じように彼にも思ってもらえている実感があった。彼の傍では本当の自分でいられて、何一つ過不足のない充実した、幸福な時間だった。

幸福だと思っていたのが、自分だけじゃなくて良かった——そんな安堵だ。

もう一つは、結局私を裏切っていたくせに、という疑心と怒りだった。

千歳の話を信じたいと思っている自分が、胸の奥底にいることは分かっている。

だが過去の痛みと事実が、みずきにそれを許さないのだ。

「……ねえ、あなたは婚約者がいながら私と付き合っていたのよ？　そんな話、信じられるわけないでしょう？」

黙っていようと思ったが、やはり我慢ができずに口を挟んだ。

すると千歳はチラリと横目でこちらを見た後、小さく苦笑する。

「……菅野絵里奈との婚約は、口約束みたいなものだった」

「は？」

「菅野絵里奈の父親は、県下の大きな総合病院の院長で、俺の父親とも懇意の仲だったんだ」

その話に、みずきは内心「やはり」と思う。理玖の話は本当だった。千歳は言明しなかったが、その病院は五百旗頭総合病院で間違いないだろう。

「子どもの頃から絵里奈の家とは交流があった。その時、親同士が冗談のように『年も近いし、将来結婚させてはどうか』と言っていて、絵里奈はそれを真に受けていたんだろう」

「――え、でも、だったらどうして、あの時……」

婚約が本物ではなかったのなら、なぜあの時、絵里奈と二人でみずきを貶《おとし》めるような態度をとり、別れを切り出したのか。

理解できずに眉間に皺を寄せていると、千歳はため息をついた。

「口約束でしかなかった婚約を、本当にしたいと菅野側が動き出していたんだ。絵里奈がまともな職に就けず、無職でフラフラしているのが目に余ったんだろうな。世間体のためにどこかに嫁がせてしまえば体裁が取り繕えるってね。俺の父親もそれに同意した。もちろん、俺の同意なくね。父親にとって、俺の意見は聞く必要のないものだから」

「――」

みずきは再び口を噤《つぐ》む。

なるほど、というのが感想だ。

要するに、絵里奈との婚約は当時彼にとっても想定外だったもので、付き合っていた時はみずきを裏切っていたわけではないということだろう。

「あなたにも同情すべき点はあった。そして、私たちの交際が嘘じゃなかったのなら――うん、教えてくれてありがとう」

最初から裏切られていたわけでなかった、という話は、みずきの心を少し癒《い》やしてくれた。

彼と過ごした幸福な記憶が全て嘘だったと知った時、本当に打ちのめされた。あれほどの幸せがまやかしだったなんて信じたくなかった。それくらいなら、全てなかったことにしたいくらい、みずきにとっては絶望的な出来事だった。

だからこそ、それが嘘ではなかったと聞いて、良かったと心から思う。

(けれど、それならそう言ってくれれば良かったのよ)

親の都合で婚約しなくてはならなくなったから、別れてくれと言ってくれればそれで済んだ話だったのに。

きっとみずきは別れに傷ついただろうし、悲しんだだろうが、それでも裏切っていたと言われるよりよほどマシだった。

みずきの脳裏に、五年前に別れを切り出された時のことが蘇る。

菅野絵里奈に嘲笑《あざわら》われるみずきに、千歳は追い打ちをかけるように別れを告げた。

なぜわざわざあんなふうにみずきを傷つける必要があったのか。

（……あれは、どう考えても私を傷つけるためのものだった）

それに、とみずきはため息をついて座席の背もたれに身を預けた。

「あなたの事情は分かった。でもあなたは結局、絵里奈さんを選んだのでしょう？　だったら
――」

「選んでない。絵里奈とは結婚してないよ」

喋り終わる前に被せるようにして言われ、みずきは目を瞬いた。

「え？」

「するわけない。できるわけないだろう？　みずき以外の人と結婚なんて。俺が愛しているのは、君だけだ」

隙あらば熱烈に愛を告げようとする千歳に呆れながら、みずきはその愛の言葉を華麗にスルーして訊ねる。いろいろと疑問がありすぎる。

「どういうこと？　親同士の決めた政略結婚だったんでしょう？」

「そう。だから、父親との縁を切った」

「――ええっ!?」

サラリとすごいことを言われて仰天した。

思わず身を乗り出して千歳の方を向くと、彼はハンドルを握りながらも、一度チラリとこちらを見てクスッと笑った後、すぐに視線を前方に戻す。

「卒業を待って、すぐデン・ハーグに飛んだ。もちろん誰にも言わずにね。俺の卒業を待って絵里奈との結婚を進めるって話になっていたから、俺がいなくなって大騒ぎだったらしい」

千歳はその時のことを思い出したのか、クツクツと喉を鳴らして愉快そうに笑った。

(いや、これ、笑い話？)

親も婚約も放り出して海外逃亡——なんて、かなりエグい話を聞いている気がするのだが。

「デン・ハーグってオランダだよね？　お母さんの所に行ったの？」

確か、オランダの事実上の首都と言われる都市だ。

千歳の母親は、彼が小さい時に離婚して以来、一度も会ったことがないと聞いていた。

「そう。それまで母とは縁が切れてたと思っていたんだけど、ツテを辿《たど》って連絡を取ったら、すぐに応じてくれた。母は父親と離婚する際、息子の俺と接触しないって条件を出されていたらしい。坂上《さかがみ》の親戚連中に散々いびられて精神を病《や》んでた母は、その条件を呑《の》んでしまったけれど、ずっと後悔していたと泣いて謝られた。事情を説明すると、すぐにこっちにおいでと言ってくれたんだ」

外国から嫁いできた女性が、田舎の旧家で精神を病むほどいびられたのだと思うと、ゾッとした。

相当辛《つら》かっただろうし、自分だったら耐えられない。想像して、会ったこともない千歳のお母さんに同情してしまった。

「母は再婚してて、今はとても幸せそうだった。俺が坂上から籍を抜きたいって言ったら、すぐに協力してくれたよ。厳密に言えば、母の今の夫が国際弁護士をしていて、彼の助力が大きいんだけど」

「義理のお父さんが国際弁護士だったの？　なんかすごいね……」

「うん。ラッキーだった。まあ蓋《ふた》を開けてみれば、籍を抜くのはバカみたいに簡単だったよ。俺はもう二十歳を過ぎてたから、役所に行って分籍手続きをするだけで良かった。どちらかというと、問題は絵里奈との婚約破棄の方だったかな」

「婚約、破棄……」

なんだか話がどんどんと大きくなっている気がして、みずきは半ば唖然として鸚鵡《おうむ》返しした。

海外逃亡、母親との再会、婚約破棄、とまるでドラマか小説のようだ。

「日本の法律だと、婚約って結納だの婚約指輪を贈った事実がなくとも、男女が将来的に結婚を約束したってだけで成立するんだ。つまり、俺の場合は両家の親がそれを認めていたから、婚約はどうしたって成立したってことになってしまう。だから、これはもう破棄するしかないって、レネ——母の夫に言われて、弁護士を入れて破棄したんだ」

ケロッとした調子で「弁護士入れて婚約破棄しました」と言われて、みずきはどう反応していいか分からなかった。

「そ……そうなんだ……。で、でも、破棄した側ってことは、慰謝料とか……」

「うん、払ったね。でも婚約破棄の慰謝料って、多くても二百万円が限度なんだ」

これまたあっけらかんと言われて、みずきはますます面食らう。

「いや、二百万でも大変な額じゃない……！」

「いや、弁護士が頑張ってくれて、慰謝料は三十万ほどだった」

「えっ？　そのくらいで済んだの？」

てっきり二百万払わなくてはいけなかったのかと思ったのに、思ったよりも額が少なかったことに驚くと、千歳はまたクツクツと喉を鳴らして笑った。

「俺の意思に関係なく進められた婚約だったたって証拠を出したからね」

「証拠……」

「父親と俺が、婚約のことで言い争っているところを録音しておいたんだ。ちゃんと俺が『菅野絵里奈と結婚したくない』と言明してて、父親がそれに対して『嫌なら今までお前を育てるためにかけた金、三千万円を耳を揃《そろ》えて払え』と恫喝《どうかつ》している場面がバッチリ入ってるやつ」

「えっ……！」

千歳の父親の発言が最悪すぎてドン引きしてしまった。ヤクザか。

そしてそれ以上に、千歳が知能犯すぎる。用意周到すぎやしないだろうか。

今日はもうずっと驚いているが、また驚くみずきに、千歳は軽く肩を竦めてみせた。

「これを言ったら引くかもしれないけど、俺、子どもの頃から、父親から理不尽なことを言われた時に、腹いせみたいにその証拠を残しておいたんだ。そうすることで自分の惨《みじ》めさが少し和らぐような気がして……バカみたいだけど気が晴れた。我ながら根暗な子どもだなって思うけど、でも結果的に役に立ったから良かったよ」

ハハハ、と千歳は笑っているが、みずきは笑えなかった。

父親にされた理不尽の証拠を集める、なんて、幸福な家庭に育っていたら、絶対に出てこない発想だ。

（つまりそれだけ、千歳が理不尽に晒《さら》されていたってこと……）

自分の惨めさが和らぐ、という言葉に胸が痛む。自分を惨めだなんて、小さな子どもに思ってほしくない。

きれいごとかもしれないが、みずきはそう思うし、千歳がそんな思いをしてきたのだと思うと、悲しくて、悔しかった。

彼は実の父親からどれほど酷い目に遭わされてきたのだろうか。

付き合っていた頃、千歳は自分の家や過去について多くを語ろうとしなかった。

それをみずきは「踏み込ませてくれない」と寂しく感じていたが、彼はそれを隠したかったのだろうと、今理解した。

好きな相手に「惨めな自分」を見られたくないと思うのは、多分当たり前の心の動きだ。

(今、こうしてそれを笑って話せるようになったということは、きっと千歳はもう自分が惨めじゃないと思っているから、だよね……)

それなら良かった、と心から思う。

あの頃、彼は笑顔でいながら、いつもどこか息苦しそうにしていた。

きっとみずきの知らないところで、生きづらさに喘《あえ》いでいたのだろう。その苦しさ、辛さを取り除けたのなら、間違いなく幸福なことだ。

「とはいえ、その三十万も弁護士費用も、レネが出世払いだって言って肩代わりしてくれたんだけどね」

「ひえ……」

さすが国際弁護士様である。

「あ、ちゃんと全額返し終わってるから、安心して」

付け足すように報告されて、どういう安心をすればいいのか、と思いながら、ふと疑問が浮かんだ。

「……そういえば、今、なんの仕事をしてるの？」

先ほど亮介との会話で、薬剤師をしていないことは分かった。

「橘花荘のオーナーだって言ってたよね」

「ああ、うん。オーナーというより、俺の会社がオーナーってことかな。俺、いくつか会社やってて、そのうちの一つ」

「会社やってるの？　しかもいくつも？」

これまでの流れから、なんとなく会社の経営をしているのだろうなと思っていたが、まさか複数の会社を経営しているとは思わなかった。

「うん。ガーナの廃棄物を利用して資材を作ってる会社と……」

「ガーナ？」

今度は思いもよらない国名が出てきて目を丸くすると、千歳はクスッと笑った。

「そう。デン・ハーグに渡った後、レネの友達にガーナで支援事業してる人がいてさ、ボランティアで手伝いをしてくれないかって言われたんだ。いい機会だから世界を見てこいって、レネに背中押されて。ガーナの首都のアクラの近くに、アグボグブロシーっていう世界最大級の電子廃棄物の不法投棄場があるんだけど、そこで日給五百円で働かされてる人たちがいる。毒ガスが立ち込める劣悪な環境で、ね。衝撃だったよ」

千歳の語る世界の話に、みずきは圧倒されてしまった。

自分が千歳との過去を『黒歴史』と呼んで恨んでいる間、彼は世界で人々を救うために尽力していたのかと思うと、自分の矮小《わいしょう》さに情けなくなる。

「俺たちが出したゴミがここにあるのかもしれないと思うと、ものすごい罪悪感が込み上げたし、なんとかしなくちゃと思った。……それで、作った会社」

「か、簡単に言うね……」

「まさか！　めちゃくちゃ大変だったよ。廃品から製品を作ろうにも、何が作れるかも分からない。無い知恵搾《しぼ》ってようやく製品化するまでに二年、そこから買い手を見つけるまでに一年、長い道のりだった。……でもまあ、その過程で、アーティストたちのプロダクション、あとは今回の物件リノベの会社も作ることになったんだけど」

「ジャンルが多岐に亘《わた》るような……」

「あー、そう見えるかもだけど、実は中にいる人たちが繋《つな》がってて、それぞれ流れで必要だったことやってたら、こうなった、って感じかな。プロダクションは、資材を使ってアートを作ってくれるアーティストのための会社だし、リノベの会社では大々的にうちの資材を使ってる。今回の橘花荘のリノベーションにも、ガーナの会社の資材を使ってるんだよ」

「ああ、なるほど……！」

自分の仕事について語る千歳の顔は、晴れ晴れとしていて、とても楽しそうだ。

自分が成し遂げたことに誇《ほこ》りを持っていて、自信に溢れた大人の男性の表情だった。

いつの間にか、車はみずきの実家の前まで辿り着いていて、千歳は静かにエンジンを止めた。

もう車を降りればいいのに、みずきはなぜかまだ座席に座ったままでいる。

「……すごいね、千歳。世界に股をかけて生きてて……、なんか……」

別世界の人だ、と続けようとしたみずきの手を、千歳の大きな手が握った。

ムッとしてそちらを見ると、千歳が嬉しそうに横目でこちらを見ていた。

「カッコ良くなった？」

「なっ……！　違うわよ！」

「えー！　なんで！　カッコ良くなったって言ってほしいな。俺、めちゃくちゃ頑張ったのに」

「頑張ったのは、そうかもしれないけど……」

カッコ良くなったかどうかは別問題です、と続けようとした時、握られた手にグッと力が籠《こ》もった。

「全部、みずきを取り戻すために頑張ってきたんだよ」

真剣な声音で言われて、みずきの心臓がドキンと音を立てた。

「な、何を……」

「俺は一度みずきを傷つけた。それは俺がなんの力もないガキでしかなかったからで、俺がもっとちゃんと考えて力を蓄えていたら、傷つけずに済んだんだ。だから、力をつけようと思った。君に相応《ふさわ》しい男になるために……今度こそ、傷つけずに、君を守れるような人間になろうと思って、この五年間を生きてきた。俺をすごいと言ってくれたね？　君がすごいと思ってくれた全部、君にもう一度愛してもらうためにしてきたことなんだ」

千歳の美しい目が、真剣な――いや、切実な色を浮かべて、射貫くようにみずきを捉える。

「君を忘れたことは、一度もない。ずっと君を愛してきたんだ。君を傷つけたことを、簡単に許してもらえるとは思っていない。だけど、どうか俺に機会をくれないか？　俺を追い払わず、もう一度君の傍にいる権利を与えてほしい」

切なげな顔で矢継ぎ早に繰り出される求愛に、みずきは眩暈《めまい》がした。

情報量が多すぎて、処理しきれない。自分の感情をどこに落ち着けていいのか分からないレベルなのだ。

（考えなくちゃ、私……）

多分だけど、千歳の話に嘘はないのだと思う。

嘘を吐《つ》くには内容が詳細すぎるし、彼が今実家の製薬会社に勤めているなら、ここにいるわけがないし、橘花荘のオーナーとして亮介に認識されていないはずだ。

高圧的な父親の支配下のもとで、学生でしかなかった千歳が苦悩したのも理解できるし、その苦しい境遇に同情もした。

なにより、千歳が自分を裏切ったのではなく、彼と共有した幸福な時間は本物だったのだと思えたことが、不思議なほどにみずきの心の傷を癒やしていた。

（――でも、それでも……）

今すぐに彼を信じろと言われても、それは無理だ。

ずっと愛してきたと言われても、はいそうですかと信じられるほど、こちらの情緒は単純ではないのである。

「時間が欲しい」

みずきが出した折衷案に、千歳が小さく首を傾げる。

「あなたを信じられたらいいと思う。でも、私は今までずっとあなたに裏切られたんだと思って、あなたを恨んで生きてきたの。それなのに、いきなり気持ちを切り替えられないし」

みずきが説明する間も、千歳はじっとこちらを凝視している。

まるで『逃がすものか』と言われているようだ。

「時間が欲しいというのは、具体的に？」

「え？　具体的にって……」

「俺が君と接触するのはＯＫ？　電話番号を交換したり、メッセージアプリのアカウントを交換したりは？　会いに行くのは？」

これまた矢継ぎ早に訊ねられ、みずきは狼狽《うろた》えながらも頷いた。

「え、えっと、それくらいなら……別に」

「やった！　じゃあスマホを出して！」

みずきがＯＫした途端、満面の笑みでガッツポーズをした千歳は、サッとスマホを取り出してこちらへ差し出してくる。行動が早すぎる。

（あ、あれ……？　私、ちょっと間違えた……？）

自分の選択を不安に思いつつ、千歳と電話番号とアプリアカウントの交換をした後、ふう、とため息をついた。

なんだかいろいろ、ドッと疲れてしまった。

ぐったりとするみずきの隣で、千歳がスマホを握りしめながらウキウキとしている。

「ああ、嬉しいな。じゃあこれで、俺はみずきの恋人候補ってことで！」

「えっ⁉　恋人候補⁉」

そんなものを許した覚えはないのですか⁉　と顔色を変えると、千歳はにっこりと麗《うるわ》しい笑顔を見せた。

「だって、俺は君の恋人になりたいんだから、候補で正解だろう？」

「……え、う……？　たし、かに……？」

恋人、と言っていないのだから、千歳の論理に破綻はない。

しかしなんだか騙《だま》されたような気になってくるのはどうしてなのか。

眉間に皺を寄せた時、コンコンと車の窓をノックされてビクッとなった。

見れば、車の外に母が立っていた。

どうやら家の前に車が停まったので、様子を見に外へ出てきたらしい。

「お、お母さん！」

まさかの母の登場に狼狽えながら慌てて車から降りると、千歳も同じように車から降りてみずきの隣に立った。

母は千歳を見て驚いているのか、神妙な顔で彼を見つめている。

「……千歳くん、よね？」

「ご無沙汰《ぶさた》しております。その節は、本当に申し訳ございませんでした」

母は深々と頭を下げる千歳を、無言で見下ろした。

二人の間に漂う緊張感に、みずきはハラハラとしてしまった。

(そ、そうだよね。お母さんが千歳に良い感情を持ってるわけがない……!)

母はみずきが千歳に手酷く裏切られたことを知っている。

娘を裏切った男に好意的な親はいないだろう。

つい先ほどまで、自分だってそうだったのだ。

事情を知らない母がいい顔をするわけがない。

「お、お母さん、あのね――」

説明しようとしたみずきを、母がサッと手のひらを向けて止めた。

母はまだ千歳を見つめたままだった。

「顔を上げて、千歳くん」

母の淡々とした声に、千歳がゆっくりと身を起こす。

長身の千歳と、小柄な母とではかなりの身長差があり、母はまるで仰ぐようにして千歳の顔を見上げた。

「……あなたがここに来たってことは、そういうことね?」

「――はい」

（……？　なんの話？）

妙な会話に、みずきは内心首を捻《ひね》った。

妙な言い回しで要領を得ない母の言葉を、千歳は当たり前のように受け止めて返事をしている。まるで二人の間で、何か秘密があったかのようだ。

怪訝《けげん》に思うみずきを他所に、母はフッとため息をつくように笑った。

「そう。じゃあ私も、ちゃんと話をしなくちゃね」

「いえ、俺は――」

「いいの。これは私のけじめだから」

何か言いかける千歳を止めて、母はニコッと笑って、それから千歳に向かって頭を下げた。

「ごめんなさい、千歳くん。あなたに全て泥を被せて」

「……いいえ、俺は……」

「そして、ありがとう。本当に、ずっとみずきを好きでいてくれたのね。……本当に、ありがとう……」

目の前で繰り広げられる千歳と母の会話に、みずきはわけが分からず立ち竦《すく》む。

二人はなんのことを言っているのか。

母は何を謝り、なんの礼を言っているのだろう。

「あの、何……？　ありがとうとか、ごめんなさいとか、それ、どういうこと……？」

なぜか、問いかける声が震えた。

みずきの声に、千歳と母が揃ってこちらを見る。

母の目には決意が、千歳の目には、心配げな色が浮かんでいた。

「あなたに話さなくちゃいけないことがあるの、みずき。――家に入りましょう」

＊＊＊

家に入ると、母は千歳とみずきをリビングに招き入れ、弟夫婦には席を外させた。

それから母はお茶を淹れると、ダイニングテーブルの席に並んで座る千歳とみずきの前にカップを置いて、自分の分のカップを手に取ったままその向かいに座った。

その間、誰も口を開こうとせず、妙な沈黙がリビングに広がっていた。

口火を切ったのは、やはり母だった。

「五年前、あなたたちを別れさせたのは、お母さんなの」

「――は？」

衝撃的な告白に、みずきは呆気《あっけ》に取られて母を凝視した。

「え、待って。どういうこと？　千歳と私が別れたのは、千歳のお父さんが無理やり政略結婚をさせようとしたからじゃないの？」

先ほど千歳からその事実を聞いたばかりで、今度は母が違うことを言い出した。

混乱を通り越して、苛立《いらだ》ちが込み上げてくる。

「ええと、もうよく分からないんだけど、ふたりして私を揶揄《からか》ってるとか？」

「揶揄ってなんかないわ。あなたが言ってることも事実。そして今からお母さんが話すことも事実なの。混乱してるだろうけど、聞いてほしい」

母の顔は真剣で、とても冗談を言っているようには見えない。そのどこか切羽詰まったような様子に、みずきは苛立ちをグッと抑えて頷いた。

母は「ありがとう」と呟くように言うと、ふう、と一つ大きく息を吐《は》いた。

「あなたたちが交際していた五年前、ある日、お母さん、勤めていた病院の院長に呼び出されたの」

病院、という単語に、みずきはハッとなる。

理玖から聞いた話を思い出したからだ。

「それ、五百旗頭総合病院だよね？　院長は菅野……」

みずきが指摘すると、母はポカンとした顔で千歳を見る。千歳の方も驚いた表情で、軽く首を横に振っていた。「自分は教えていない」というジェスチャーだろう。

「さっき、理玖から聞いた。理玖も推測だって言っていたけど。じゃあ、お母さんが働いていた病院の院長が、千歳の婚約者の父親だったってこと？」

先回って結論を出そうとするみずきに、母はため息をついて首肯した。

「そう。院長から言われたのよ。『あなたの娘さんが、うちの娘の婚約者にちょっかいをかけているようでね。娘が大変悲しんでいる。諦めるように娘さんを説得してくれ』って……」

「何それ、酷い……！」

事実とまるで正反対だ。みずきを悪者に仕立て上げようとする意図が透けて見える。

大病院の院長という地位にいる人間が、そんな稚拙《ちせつ》な真似《まね》をしていたのかと思うと、怒りを通り越して呆れてしまった。

「もちろんお母さんも信じなかった。というより、院長が勘違いしてると思ったの。千歳くんとあなたが付き合い出したのはもう一年以上前の話だったし、千歳くんがいい子だって分かってたもの。二股をかけるような人間じゃないし、うちの娘も人様の恋人にちょっかいをかけるようなバカじゃありません。多分人違いですって言ってやったのよ」

「お母さん……」

気の強い母らしいエピソードに、安堵やら苦笑やらが込み上げてくる。

「そしたら、そこに現れたのよ。千歳くんの父親が」

「えっ？」

「おそらく、院長と示し合わせていたんでしょうね。名刺を渡されて『坂上千歳の父です』って自己紹介されて。『千歳は坂上家の跡取り息子で、あなたのような一般人の娘さんには荷が重い。家柄が釣《つ》り合わない者同士は結婚したとしても不幸になる、今のうちに手を引くべきだ』って、それはそれはイヤミったらしく言われたわ」

千歳の父親の予想を超える傲慢《ごうまん》さに、みずきは唖然としてしまった。

「え……何？　現実にそんなセリフを吐く人がいるの……？」

絵に描いたような悪役っぷりに思わず疑ってしまったが、母も「分かる」と頷く。

「お母さんも同じこと思ったわよ。で、咄嗟に考えてしまったの。千歳くんと結婚したら、みずきはこの鼻持ちならないオッサンが舅《しゅうと》になるんだなって」

「――――」

母ならではの視点に、みずきは「あっ」となった。

確かにそのとおりだ。当時みずきは千歳との結婚を当たり前のように夢見ていたが、そこに千歳の父親や親戚、家といったものは含まれていなかった。

「間違いなく、パワハラ、モラハラのオンパレードな生活になるのが見えたのよ」

「……そ、そう、だ、ね……」

みずきは千歳が隣にいるというのに、思わず肯定してしまった。

だが千歳も同意なのだろう。否定もせず黙ったまま目を伏せている。

千歳の母が精神を病んで離婚したことや、千歳の語る過去を鑑《かんが》みるに、坂上家に入ったら、みずきは間違いなく不幸になっただろう。

「こんな家にみずきを嫁がせるわけにはいかないと思ったの。でも結婚は当人たちの意志が一番大切だとも分かってた。だからお母さん、千歳くんに連絡をして言ったの。あなたのお父さんがおばさんの職場に来てこんなことを言ってきたよって。……お母さん、千歳くんは多分、自分の婚約話を把握していないと思っていたの。だから事情を伝えて、その後の彼の対応次第で、みずきを任せられるかどうか判断しようと思っていた。……でも」

母はいったんそこで言葉を切り、千歳の方に視線を向けた。

千歳は母の眼差《まなざ》しを受け止めるように、真っ直ぐに母を見返していた。

「千歳くんは知ってたの。自分の婚約話が出ていて、父親が動いていることも。彼は『自分はずっと断っているのだ』と言っていたけれど、もう無理だなと思った。知っていて、抵抗していて、この事態になっているなら、父親を抑える力がないってことだもの。そんなんじゃ、大事な娘を任せられない」

母の表情は厳しかった。当時のことを思い出しているのか、あるいは今もなお、自分の決意を千歳に突きつけているのか。

「だから、千歳くんに言ったの。もう娘は諦めなさいって。あなたがみずきと結婚できるとすれば、あの父親を抑えられる力をつけるか、あるいは縁を切るかの二択だって。そうじゃなければ、みずきが不幸になるって」

リビングに再び沈黙が降りた。

たくさん喋ったせいで疲れたのだろう。母はふう、と息をつくと、手にしたカップの中のお茶を一口啜《すす》った。

「我ながら酷いことを言ってると思った。まだ学生でしかない青年に、父親を抑え込めとか、親子の縁を切れとか、無理だよね。これが理玖なら、と思うと、申し訳なくなった。でも千歳くん、泣きながら『分かりました』って言ってくれた。そして『今は、俺に力がないから別れます。でも俺が愛しているのは、生涯愛し続けるのは、みずきさんだけです。だから力をつけて、全てをやり遂げたら、彼女の所に戻ってきます。その時は、俺のことを認めてくださいとも……」

母から聞く熱烈な愛の告白に、なんともいたたまれない気分になる。正直に言えば、恥ずかしいし、どこかへ隠れたいくらいだ。

チラリと千歳を見ると、彼は少し困ったように微笑を浮かべていた。

「その後千歳くんと別れたあなたが、酷く憔悴していくのを見て、自分がしたことが正しかったのか分からなくなった。私があんなことを言わなければ、彼は諦めずに父親を説得して、婚約を無かったことにできたかもしれない。そしたら、みずきはずっと幸せだったのかもしれない——そう思うと、後悔が湧いてきた。本当は、ずっとあなたに謝りたかったの、みずき。余計なことをしてごめんねって。……本当に、ごめんなさい」

言いながら頭を下げる母に、みずきは一瞬かける言葉が見つからなかった。

確かに母がそんなことを言わなければ、きっと千歳は絵里奈との婚約話を白紙に戻すために努力しただろう。母の言うとおり、もしかしたらその努力は報われて、千歳とみずきの交際は続いていたかもしれない。

なにより、母の話の中にはみずきの努力が含まれていない。

二人の将来のことなら、二人とも努力すべきだ。交際を続けたいなら、みずきだってそのために何かできたはずなのに、それをさせてくれなかった。悔しさや反発心が湧かなかったと言えば、嘘になる。

(──でも、全ては『たられば』の話よね……)

ああしていたら、こうしていれば、と過去の仮定の話をしたところで現実は変わらない。

大切なのは、今、どうするか。

そして、今、自分がどうしたいか。

「お母さん、顔を上げて。何が正しいか、そうでないかって、多分白黒つけられるような話じゃないし、お母さんが責任を感じて謝るようなことでもない。お母さんは、私のお母さんとしてその時にやるべきだと思ったことをしてくれた。それだけだよ。それに、私がお母さんの立場なら、きっと同じことをしたと思う」

自分に子どもがいないからまだ分からないが、仮にこれが紘子《ひろこ》の話だったとしたら、みずきは「その家はやめときな」と言ったに違いない。

「……みずき」

「今千歳がここにいるってことが、多分、大事なんだと思う……」

語尾が小さくなったのは、隣に座る千歳がパアッと輝くような笑顔でこちらを見てきたからだ。期待に満ちた眼差しが突き刺さるようだ。

「みずき……！」

そのまま抱きついてきそうな勢いに、みずきは手のひらを突き出してストップの意思表示をする。

「待って。さっきも言ったとおり、時間をもらうからね！　まだちゃんと付き合うわけじゃないから！」

「ええ……」

あからさまに残念そうな顔をする千歳をジロリと睨んでいると、母が呆れたように言った。

「なあに？　千歳くんは父親と絶縁して、起業家として成功を収めて、万全の準備を整えて迎えに来てくれたのに、あなたまだそんなこと言ってるの？」

実の母親にまで急《せ》かされるようなことを言われ、みずきはカッとなって叫《さけ》んだ。

「だから！　そういうの全部、今日知ったばっかりなんだってば！　心の準備とか、気持ちの整理とかつけさせてほしいのよ！」

もう半分涙目だったと思う。

脳みそはフルスロットル、情緒は崩壊。疲労困憊《こんぱい》。

思えば、今日一日中、衝撃的な事実を知らされ続けてきた。疲れて当然だ。

何もしたくない。もうお風呂に入って寝てしまいたい。

そう思った瞬間、蓄積した疲労が一気に押し寄せてきた。

「今日はもうお開き！　明かされた真実がありすぎてお腹いっぱい！　疲れました！　私はも

うなんにも考えないから！　一人にして！」

感情を爆発させたみずきに、母と千歳はコクコクと首を上下させたのだった。

＊＊＊

みずきに近づくことを許可されてから、千歳の行動は早かった。

五年前の自分の知らなかった事実が怒涛《どとう》のように明らかになった翌日、予定どおり父のお墓参りに行った阿川《あがわ》家一行は、父の墓の前に立つ長身の姿を見つけた。

「えっ？　なんでこんな所にいるの？」

九頭身はあろうかという長躯《ちょうく》と長い手脚、そして麗しすぎる美貌。

立っているだけで様《さま》になるその男は、むろん千歳その人である。

千歳はこちらに向かって全開の笑顔で手を振り、軽快な足取りでこちらに駆け寄ってきた。

その手にはカサブランカの花束が抱かれている。

ハリウッドスターのような美形というだけでも派手だというのに、百合《ゆり》の花束を持ったりしたら、見た目の華やかさもさることながら、花の芳香まで追加されて、視覚と嗅覚で受け取る美が飽和状態である。

クラクラとしたのはどうやらみずきだけではないようで、背後では義妹の亜美もしきりと目をパチパチとさせている。

「おはよう、みずき。皆さんも、昨日はお邪魔しました」

爽《さわ》やかな笑顔で挨拶をする千歳に、みずきはイヤイヤと思わずツッコミを入れてしまった。

「そうじゃなくて、どうして千歳がうちのお墓の前にいるのよ？」

「俺もお墓参りをさせてもらおうと思って……」

「いやなんでよ」

父が生前千歳と面識があったなら分かるが、残念ながら父が亡くなったのは、みずきと千歳が出会うずっと前である。面識があるわけがない。

だが千歳の方はきょとんとした顔だ。

「だってみずきのお父さんだし……」

「いや私のお父さんだけど、あなたがお墓参りする理由はないでしょ？　っていうか、あなたなんでうちのお墓の場所を知ってるのよ？」

阿川家の墓は、みずきの実家のある場所から離れた場所にある。身内でもない限り知り得ないはずなのだが。

「え？　だって付き合ってた頃、みずきが俺に教えてくれたじゃない」

「えっ？　そんなことあった？」

「うん。デートに誘ったら、その日はお墓参りがあるからダメだって断られて、その時に場所も教えてくれた」

「あー……そういえば、あったような……」

墓参りが理由でデートを断ったことは、確かにあったような気がする。その時に場所まで言ったかどうかはうろ覚えだ。

首を捻っていると、背後に立っていた理玖がポンと肩を叩《たた》いてきた。

「お姉、今さらだよ」

「え？」

「千歳さん、もうずっと昔から、毎年、お父さんの命日に墓参りをしてくれてるんだから」

弟のこの暴露には、みずきだけでなく母も驚いていた。

「ええっ!?　千歳くんが!?　どういうことなの、理玖！」

「はぁ!?　昔からっていつよ!?」

母と姉に詰め寄られ、理玖は「どうどう」と二人をいなしながら、チラリと千歳の方を見る。

「……もう言っていいんですよね？」

その問いに、千歳ははにかんだ笑みを浮かべて「うん」と首肯した。

秘密を共有していた男二人のその仕草《しぐさ》に、みずきはうんざりと天を仰《あお》ぐ。

（ちょっと……まだ秘密があるの？）

昨日から秘密の暴露大会で、こちらは一夜明けた今もなお、自分の気持ちをどこに持っていけばいいか分からないでいるというのに。

（……事情は、分かった。お母さんが千歳に別れろと言った理由も、千歳が私と別れる選択をした理由も、納得できるものだったし……）

昨日まで感じていた「どうして自分に話してくれなかったのか」という怒りは、今はもう仕方のないことだったという諦観に変わっていた。

みずきがどうしていいか分からないのは、千歳に対する自分の気持ちだ。

彼のことを、心の底から愛していた。だからこそ、裏切られた時にその愛情と同じ分だけ彼を憎んだ。誰かを愛してまた同じように裏切られたらと思うと、怖くて新しい恋愛もできずにいたくらいだ。

（五年間、『黒歴史』なんて言って、憎み続けてきた相手なんだもん……。裏切られたわけじゃないって分かっても、どう接すればいいか分からない……）

感情が混線している、と言えばいいだろうか。

過去の事情が分かったところで、時間が巻き戻るわけじゃない。

みずきは千歳のいない五年間を生きてきたし、千歳に恋をしていた時と同じ感情に戻れるわけもない。

（……千歳のことが今も嫌いかと言われたら、嫌いじゃない）

でも、じゃあ好きかと言われたら、言い淀んでしまう。

『黒歴史』などと言いながらも、ずっと忘れられなかった相手だ。千歳を憎み続ける自分を、我ながら執念深いと自嘲したこともある。『愛憎は表裏一体』という言葉が正しいのなら、自分は千歳を愛し続けてきたということになるのかもしれない。

（……それでも千歳を好きだと言えないのは、怖いからだ）

明かされた過去の事実が嘘だとは思っていない。

信じられないのはそこではなく、今の自分だ。千歳と別れた後、みずきは本当に辛《つら》かったし、立ち直るのに長い時間を要した。

（あんな想いを、もうしたくない……）

千歳をもう一度好きになって、また以前のようなことがあったら……？

そう思うと、脳に急ブレーキがかかって、今の千歳への感情を鈍麻《どんま》させてしまう。

端的に言えば、千歳のことをどう思っているのか、みずき自身もよく分からないのだ。

自分がこんな状態だから、できればそっとしておいてほしいのだが、どうにも周囲はそれを許してくれないらしい。

昨日は千歳と母、そして今日は理玖と、次から次へとみずきに情報爆撃を仕掛けてくる。

「……それで？　今度は理玖がどんな暴露をしてくれるの？」

顎を上げて半ばヤケクソで訊ねると、理玖は苦笑いをした。

「暴露っていうか……まあ暴露かな」

「いいよ、分かってる。お姉ちゃんはもう覚悟を決めてる。さぁ、お言い！」

「ちょっとコント風にすんのやめて、笑うから」

「してないんだけど」

心外な。

「あーもう。真面目な話だから、ちゃんと聞いて。……お姉と千歳さんが別れた後、二年後くらいだったかな。父さんの墓参りの日に、俺、バイト休めなくて、バイト先から直《ちょく》で霊園に向かったことあったでしょ？」

言われて、みずきは母と顔を見合わせた。

「あったような……？」

「うーん、あんまり覚えてないけど……」

母と姉の反応に、理玖は「まあ、覚えてないと思ったけど」と肩を落とす。

「その時、店長が早めに上げてくれて、予定よりかなり早くにここに着いたんだ。そしたら、千歳さんがうちの墓の前に立ってたんだよ。ちょうど今みたいに、花束を持って」

「えっ……」

盛大に「なんでやねーん！」と叫びたくなりながら千歳の方を見たが、彼は意に介した様子もない爽やかな笑顔でハハハと笑った。

「まさか鉢合わせるとは思わなくて、あの時は俺も驚いたよ」

「……驚いたなんてもんじゃないですよ。あの頃はお姉がようやく立ち直って元気を取り戻してくれた時だったから……」

「理玖くん、俺を見るなり掴《つか》みかかってきたもんなぁ」

えっ、とみずきと母は理玖を見た。家族の中では一番穏やかな性格の理玖が（ちなみに最も気が荒いのは母である）、誰かに掴みかかるなど想像できなかったからだ。

サラリと言っているが、それはかなり緊迫した状況だったのではなかろうか。

「そりゃあの時は、お姉を裏切ったクソ野郎だと思ってたし……。まあ、当然『なんであんたがここにいるんだ』って話になるじゃん？」

「それはまあそうね」

「千歳さん、いきなり俺に土下座したんだ。『俺がここにいる資格がないのは分かっている。だけどみずきのお父さんの墓参りをすることを許してほしい』って」

千歳が理玖に土下座をするのを想像して、みずきは絶句する。言葉にすると簡単だが、なかなかできる行為ではない。

「土下座って……ここで？」

「うん。本当に絵に描いたようなきれいな土下座だったよ」

「ははは！　土下座にきれいもなにもないでしょ」

緊張感のない顔で茶々を入れる千歳を、みずきはジロリと睨みつけた。

「ちょっと黙ってて」

「え、俺、当人なのに……？」

千歳はガーンという表情になったが、この男はどうにも話をまぜっ返そうとするので、構っていたら説明が終わらない。

みずきは理玖に向き直って先を促す。

「それで？」

「お姉を裏切って捨てた男が、土下座してまでうちの墓参りをしたがるなんておかしいだろ？

これは絶対何かあるなと思って、咄嗟に『洗いざらい吐け。さもなくばお姉にあんたがここにいることをバラす』って脅《おど》したんだよね」

「え、それ脅しになるの？」

みずきは思わず眉間に皺を寄せてしまった。

当時のみずきにそれを教えられても、腹を立てることはしただろうが、それだけだ。千歳に対して脅しになるほどの力はないと思うのだが、
姉の疑問に、理玖は「だよね」と肩を竦めた。

「今から思うと、全然脅しになってないんだけど。でも千歳さん焦《あせ》り出してさ。『みずきにはまだ顔を合わせられない。俺はまだ何もできていないから』って」

理玖のその説明に、千歳が気まずそうに付け加えた。

「……約束だったからね。全てをやり遂げてから、みずきのところに戻るって」

「……お母さんとの？」

みずきが訊ねると、千歳は「そうだね」と苦笑を漏《も》らし、それから母に向き直って「すみません」と頭を下げた。

「本当は墓参りもするべきじゃないって分かっていたのに、我慢できませんでした」

「それは、もういいけれど……。千歳くん、あなた、そんな時からうちのお墓参りをしてくれ

ていたの？　毎年？」

困惑ぎみの母に、千歳はまた苦く笑って「はい」と首肯する。

「ありがとうと言えばいいのか……きっと、お父さんも驚いたでしょうね」

「確かに」

天国で父はどんな顔で千歳を見ていたのかと想像すると、ちょっとおかしい。

「――とまあ、そんなわけで、その時に俺は、千歳さんから事のあらましを聞いてたんだ」

聞き捨てならない発言に、みずきはギョッとして目を剥《む》いた。

「えっ⁉　じゃあ理玖、ずっと全部知ってたってこと⁉」

詰め寄る姉に、理玖は両手を顔の前で合わせるジェスチャーをしながら「ごめん」と謝る。

「実は、それからずっと、千歳さんに協力してきた。ＥＤのお姉のアカウント、千歳さんに教えたのは俺です。ごめんなさい」

「お前が犯人だったんか――――ッ！」

思わず弟のコートの衿を掴んでガクガクと揺さぶってしまった。

どうりでおかしいと思ったのだ。全世界で五千万人を超えるユーザーがいるオンラインゲームで、リアルの知り合いに遭遇する確率などゼロに近い。

「ちょ、何？　じゃあ私、別れてからほぼずっと千歳にストーキングされ続けてたってこと⁉

しかも実の弟が協力者⁉」

あまりといえばあまりではないか。

半分泣きながら怒るみずきに、理玖は「ごめん！　本当にごめん！」と謝りつつも、「でも！」と声を上げた。

「だって千歳さん、俺に泣きながら事情を話すんだもん。今まで家庭教師とかしてもらって、大人だと思ってた男の人に泣かれて、すげえびっくりしたし、やっぱ胸に来るものがあった。元々俺、お姉を裏切ったって話も半信半疑だったくらいには、千歳さんのことを信用してたから、話聞いてすごく納得してしまって。だって千歳さん、お姉のことめちゃくちゃ大事にしてくれてたし！　俺だったら、親のせいで亜美と別れなくちゃいけないとか、マジでしんどくて耐えられなかったと思うし……」

次々に出てくる弟の言い訳に、みずきは深々とため息をつく。

（……そういえば、確かに理玖は千歳にめちゃくちゃ懐いてた……）

昔から姉弟喧嘩《げんか》の度に「姉ちゃんじゃなくて兄ちゃんが欲しかった！」と文句を言われたものだ。きっと兄ができたようで嬉しかったのだろう。だからこそ家庭教師をしてもらう流れになったのだが。

「まぁまぁ、もういいじゃない！　結果的に、全部丸く収まったんだから！」

怒り出した娘の機嫌を取るように母が言ったが、みずきはギロッと母を睨んだ。

「丸く収まってないから！」

「えっ？　収まっていないの？　千歳くんと付き合うんでしょう？」

「収めようよ、みずき」

すかさず都合の良い流れに乗ろうとする千歳に、みずきは素早くツッコミを入れる。

「収めてなるかー！　絶対に収めないからねっ！」

断固として首を縦に振らないでいると、ずっと傍観者でいてくれた亜美がそっと手を上げた。

「あの～、そろそろお墓参り、しちゃいましょう？」

「あらやだ、本当ね。お墓の前で騒いで、お父さんきっと呆れてるわ」

それはそうかもしれない、と思いつつ、一向はいそいそと墓参りを始めたのだった。

第五章

こうしてドタバタと父の墓参りを終えたみずきは、その日の夜、東京《とうきょう》へ帰る新幹線に乗っていた。隣の席にはなぜか超絶美形の男が満面の笑みで陣取っている。

墓参りの後、当然のようにみずきの実家に来た千歳《ちとせ》は、一緒に昼食を取った後、みずきと一緒に東京に帰ると言い出したのだ。ちなみに千歳が乗っていたSUVはレンタカーだったらしい。

席が隣なのは、千歳がグリーン車で取り直したからである。

無駄《むだ》なお金を使うなと言ったのに、千歳は「みずきと隣で数時間過ごす権利を買うんだから、無駄じゃない」と屁理屈《へりくつ》を捏《こ》ねて強行した。

少々行きすぎている千歳の言動にも慣れてしまったのか、母も理玖《りく》も何も言わず生温い眼差《まなざ》しで見守っていた。頼むからツッコミを入れてください。

「っていうか、私に合わせて東京に行かなくても。仕事があったんじゃないの？」

新幹線に乗ってしまってから言うことではないと、口に出した直後に気づいたが、千歳は機嫌よく答えた。

「俺がこっちに来たのも、お墓参りが目的で、仕事はついでだよ。それに日本のオフィスは新《しん》宿《じゅく》にあるから。橘花荘《たちばなそう》の件が終われば、こっちに来ることはほとんどないよ」

「そうなんだ……」

その表情はスッキリしていて、故郷になんの未練もないのが窺《うかが》い知れる。

（本当に坂上《さかがみ》の家と絶縁してしまったんだな……）

彼が実家と絶縁するきっかけが自分だったと思うと、やはり複雑な気分だ。

「あ、でも、阿川《あがわ》家のお墓参りには毎年行ってるけど」

「それはさっきも聞いたよ……」

嬉《うれ》しそうに付け加えてくる千歳に、みずきは苦笑が込み上げる。

「でもなんでお墓参りだったの？」

改めて考えてみて、ふと不思議になって訊《き》いてみた。

父と面識があったわけでもないのに、千歳はなぜ墓参りにこだわったのだろう。

すると、千歳は少し不安そうにこちらを見てくる。なんだと言うのか。

「……引かない？」

「もう引いてるから大丈夫」

即答した。

（長年ストーカーされていた事実に盛大にドン引きしているが、何か？）

今さらな心配に呆《あき》れて半眼になってしまう。

すると千歳は「それもそうだな」と笑った。

笑うところじゃない。反省しろ。

「君の家は、お父さんの墓参りは絶対に欠かさない行事になっているだろう？」

「まあ、そうだね」

「だからだよ。その日だけは、待っていれば君は必ずあそこに来てくれるから」

「いや、でも私に会うだけなら……あ、会うことは禁止されてたから、会うためじゃないのか。ええと、……だったら、私を、見る？　ためだけなら、うちの実家の周辺でも良かったんじゃない？」

言いながら、自分を見るために実家の周辺をウロウロする千歳の姿を想像して、警察を呼びたくなった。それは完全なストーカーである。

「そうなんだけど……当時はもうデン・ハーグに住んでたから」

「あ、そっか」

オランダからみずきの居場所や予定を特定して見に行くのは、いろいろと無理がある。墓参りなら、時と場所が確定しているから、待っていればいいだけだ。

「なるほど、効率がいい」

思わずポンと手を叩《たた》いて納得してしまった。

「……効率だけじゃないけどね」

「……と、いうと？」

みずきが追求すると、千歳は困ったように首のあたりを手で撫《な》でた後、観念したように話し始める。

「擬似的にでも君の家の行事に参加して、君と家族になっている気分を味わいたかった。君とまだ繋《つな》がっていると思いたかったんだ」

「うわぁ……」

ストーカーすぎる発想に、みずきは感情をそのまま表情に出した。

そのしょっぱい顔に、千歳は「ほら引いた」と口を尖《とが》らせたが、誰だってこれを聞いたらドン引きすると思う。

「情けない話だけど、デン・ハーグに行った後、精神的にも物理的にも君から遠いという状況に耐えられなかったんだ。君に忘れられるかもしれない、俺という存在が君の中からなくなってしまうかもしれないと思うと、怖くて仕方なかった。どうしても君に会いたくて……一目でいいから姿を見たくて、夢にまで君の姿を見るくらいだった。このままだと気が狂うと確信したから、俺は年に一回だけという条件で、君に会いに行くことを自分に許したんだ」

千歳は語りながら、酷《ひど》く苦いものでも噛《か》み締めるように顔を顰《しか》める。

だがすぐに吹っ切れたようにみずきに笑顔を向けた。

「ごめん、みずき」

「え、急に何？」

千歳がどれだけ自分のことを想ってくれていたのかを実感して、不覚にも少し胸が熱くなっているところだったから、急に謝られてみずきはびっくりする。

「みずきが今、俺に対する気持ちを決めきれていないのは分かってるし、君が覚悟を決めるまでいくらでも待つ気でいる。……でも君が他の男を選んだり、俺から離れる選択をしたりするなら、多分俺、止められないから」

そう語る千歳は、微笑《ほほえ》みを浮かべている。それなのにどうしてだろう。目だけが笑っていない。恐ろしいほどの意志を込められた眼差《まなざ》しが、自分に突き刺さっている。

その眼力に圧され、みずきは顔を引き攣《つ》らせた。

「と、止められないって、どういうこと？」

訊《き》いているのに、千歳はにっこりと麗《うるわ》しい笑顔を浮かべるだけだ。

「ちょ、ねえ。どういうことよ？　不穏なことだけ言って終わらせないでってば」

「大丈夫、みずきが嫌がることは何もしないから」

「いや、何を嫌がるか、私に判断させてよ」

「あ、ほら、さっき駅で買ったプリン食べよう」

「なに誤魔化《ごまか》そうとしてるの？　ちょ、もう、勝手にテーブル出さないで」

みずきの話を聞いているようで聞いていない千歳は、みずきのシートバックテーブルを開いてその上にプリンを置き始める。

ホームに入る前に駅内のお土産もの売り場で売っていたものだ。

みずきが美味《おい》しそうだなと思って見ていたら、千歳が何も言わずサッと買ってくれたのだ。お金を払うと言ったら、「じゃあ今度何かお礼をして」と言われてしまった。

「え、プリン食べない？」

小さな牛乳瓶のような器に入ったプリンを片手に、絶世の美形がこちらに首を傾《かし》げてくる。

なんだそのＣＭみたいなキメ顔は。イケメンは何をしてもキメ顔になるのは、絶対ずるいと思う。

「……食べる」

「ふふ、だよね。みずき、硬めのプリン好きだもんね」

（……そんなことまで覚えてるのも、ずるい）

昔から、プリンは硬め、カラメルは苦めが好みだ。

自分の好みを覚えてくれていることは、純粋に嬉しい。自分のことを、大切に思ってくれているんだと実感できるからだ。

そして自分もまた、千歳の好みを覚えていたりする。

（千歳は、プリンよりもアイスクリームで、フレーバーはクッキー&クリームだよね）

悔しいから、覚えていることは教えてやらないけれど。

「はい、スプーン」

甲斐甲斐《かいがい》しく世話を焼こうとする千歳は、喜色満面を絵に描いたようだ。

それをくすぐったく思いながらも、みずきは仏頂面《ぶっちょうづら》でスプーンを受け取った。

「……ありがと」

「どういたしまして」

（——この男とのこれからを、どうすべきか）

長年悩ませられてきた黒歴史は黒歴史ではなくなったけれど、新たな悩み事ができてしまった。

みずきはプリンを一口頬張りながら、やれやれとため息をついたのだった。

＊＊＊

ヨハネ1689:「おっ、ズッキーーNしてんじゃ～ん♪　乙乙！　ねね、イベラン行くでしょ？」
ズッキーニ：「ヨハちゃん、乙～！　行く行く！　どの辺？」
ヨハネ1689：「虹《にじ》色のセイレーンの湖あたりがいいと思ってるんだけど……。あの辺、水辺のモンスターいっぱいいるし」
ズッキーニ：「あ、そだね。今イベのターゲット、水属性だ」
ヨハネ1689：「そそ、効率いいから。言うて、上位に食い込むのは無理ゲーだけどね～」
ズッキーニ：「そうだねぇ。でも今回は中位報酬にも結構いいアイテムあるから頑張ろ！」
ヨハネ1689：「そう！　セイレーンの鱗あるじゃん？　絶対欲しいよね！　でも5000位内って結構シビア～！　このイベに備えて石10000個は貯めといたし、クリスタルも500は揃《そろ》えたけど、足りるかな～」

ズッキーニ：「え、すご。3炊き余裕でできるじゃん。いけるでしょ」
ヨハネ1689：「いけるかな～？　いけてほしい～！　あ～ん、ランキング報酬制のイベントきら－い！　課金勢がレアアイテムゲットする仕様じゃんね～！　無課金勢に優しくない！」
ズッキーニ：「まぁねぇ。でも運営側も商売だから、ある程度課金勢優遇しないといかんのでしょうよ」
ヨハネ1689：「ズッキー大人の見解！　とても垢捨て逃亡図った人とは思えないｗｗｗ」
ズッキーニ：「ぐっ……！　そ、その件はいっぱい謝ったでしょ～！」
ヨハネ1689：「ダメ、あたい許してないんだから！　オフ会でいなくなったかと思ったら、いきなり何も言わずに垢消しとか！　四年間もずっと一緒にやってきたのに酷いでしょ！　ちょう心配したんだからねっ！」
ズッキーニ：「うう、申し開きもございません……」
ヨハネ1689：「まあ、まさかオンラインゲーム仲間が元カレでした、とか、ひっくり返って逃げ出したくなるのも、ちょっと分かるけど」
ズッキーニ：「！　分かってくれるの、ヨハちゃん！」
ヨハネ1689：「そりゃ分かるよ。あり得ない確率じゃんね。しかもセコさん、ズッキーが元カノだって分かってたんでしょ？」

ズッキーニ：「うん」
ヨハネ1689：「…………」
ヨハネ1689：「…………」
ヨハネ1689：「…………あのさ」
ズッキーニ：「めっちゃ溜めるじゃんw　何www」
ヨハネ1689：「あー……、えーと、こんなこと訊《き》いていいのか分かんないんだけど、……セコさん大丈夫な人？」
ズッキーニ：「wwwwwwwwww」
ヨハネ1689：「いや大草原w　だってさ、あの、なんかこう、言ってしまえばその、……ストーカー？　じゃんね？　一歩間違えると」
ズッキーニ：「一歩間違えなくても立派なストーカーだよね」
ヨハネ1689：「えっ、ちゃんと自覚あるじゃん！　そうだよ、セコさんストーカーだよ！　え、ズッキー分かってて戻ってきたの！」
ズッキーニ：「あー、うん。ワタシ、ストーカー被害者。ワカッテル」
ヨハネ1689：「いやカタコトか。え、我ら、結構心配してるんだけど。平気ってことでおけ？　監禁とか殺人とかないよね？　だいじょぶ？」

ズッキーニ：「ごめん、大丈夫。そういうのはない。心配してくれてありがとう。……私たち、昔、かなりの行き違いをしててね。詳しくは話せないけど、セコさんのストーカー行為には納得してるから」
ヨハネ1689：「ストーカー行為には納得してる、ってイヤすごい字面。ここ数年で一番ビビり散らかしたわ、あたい」
ズッキーニ：「ｗｗｗｗｗｗｗ」
ヨハネ1689：「イヤわろてる場合か。……まあ、セコさんがそこまでヤバい人じゃない……うーん、ヤバいはヤバいけど、まあ殺しはしないと思う程度にはヤバくない？　ていうのは、あたいたちも分かってるけど、なんかあったら言ってね⁉　絶対すっ飛んで行くから！」
ズッキーニ：「えーんヨハちゃんすきー！」
ヨハネ1689：「あたいもすきー♡　でもあたいの一番はカレピッピだから♡」
ズッキーニ：「くっ……リア充爆発しろ！」
ヨハネ1689：「ホホホ！　盛大に羨《うらや》ましがれ♡　まあ、大丈夫そうだね。ホッとしたよ。とにかく、セコさんの方にはタコちゃんと極《ゴク》っちが忠告しに行ってるし様子も見てくれてるから、なんかあったらギルメン頼るんだよ！」
ズッキーニ：「え、え、そうなの？　うそ、みんな優しい……！」

ヨハネ1689：「みんなうちのギルドから犯罪者も被害者も出したくないんだよ！　こんな居心地のいいギルド他にないのに！　よりによってそれがギルマスとサブマスとか～怒」
ズッキーニ「あああ面目ない～！」
ヨハネ1689：「そう思うなら、イベランとことん付き合ってもらうからねっ！　5000位in達成できなかったら、ズッキー奢《おご》りでJOJO苑な♡」
ズッキーニ：「ぴえん！」

＊＊＊

「みずき、こっち！」

待ち合わせのカフェに行くと、既《すで》に到着していた千歳がこちらに向かって手を振っていた。

（わぁ……）

その光景を見て、みずきは心の中で少し尻込みする。

なんの変哲もないよくあるカフェに、ハリウッドスターばりに美しい男が座っている。ただそこにいるだけで目立つのに、輝かんばかりの笑顔を浮かべるものだから、さながら宗教画の後光を背負った天使である。周囲の目が彼に釘付《くぎづ》けだ。

その視線は当然ながら、その宗教画の天使が笑顔を向ける相手にも向かう。

（うう、目立ちたくないのに……）

悪目立ちをしたくないというのは、日本人の性質《さが》なのだろうか。

（この男も半分はその血を引いているはずなのに、どうしてこうも堂々としていられるのかしら……）

多くの視線を浴びていることに気づいているだろうに、千歳は全く意に介した様子もなく、サッと席を立ってみずきのところに歩み寄ってくる。

「お疲れ様」

「あなたも。ごめんなさい、待たせてしまって。少し仕事が押して……」

データを纏《まと》めるのに手間取っていたら、気がつけば終業時間を過ぎていた。慌てて職場を出たけれど、待ち合わせ時間より遅れてしまったのだ。

謝ると、千歳はクスッと笑った。

「いいよ、全然待ってない。あ、何か飲む？」

「ううん。喉は渇いてないから」

「そか。お腹は？」

訊かれると、みずきは急に空腹を感じてしまい、コートの上からお腹を押さえる。仕事に集中していた時は感じなかったが、思い返せば今日は昼ごはんにプロテインバーを齧《かじ》っただけだった。

「……めちゃくちゃ空いてる」

みずきの返事に、千歳はまた小さく噴き出すように笑った。

「じゃあ、出よう」

カフェの外に促され、みずきは頷《うなず》いて彼の後に続いた。

並んで歩き始めると、千歳がスッと手を出してくる。いきなり目の前に差し出された手のひらに目を丸くしていると、千歳が仔犬のような顔をしてこちらを見てきた。

「？　何？」

「手、繋《つな》いでもいい？」

「い……」

いやだ、と言いかけて、みずきは自分の大人気なさに気づき「……いいよ」と許可する。

すると千歳はパッと顔を輝かせて、みずきの手をぎゅっと握った。

温かく乾いた皮膚の感触に、冬の外気に悴《かじか》んでいた手がホッと解《ほぐ》れていく。

（……付き合っていた時も、よくこうやって手をあっためてもらったな……）

冷え性のみずきは、冬場は大抵手が冷たい。それを知った千歳が、いつもこうして手を繋いで温めてくれたのだ。

（あー、ダメ。思い出すな、私……）

思い出の懐かしさと面映《おもはゆ》さに、顔が緩んでしまいそうなのを堪《こら》えるために、唇を引き結んでいると、千歳がへにょりとした笑顔で呟《つぶや》くように言った。

「てっきりダメって言われると思ったから、めちゃくちゃ嬉《うれ》しい」

「え？」

「手を繋いでいいって訊いた時」

「――ああ……」

本当はそう言おうとしていたので、みずきは苦笑する。

「ダメって言うつもりだったからね」

「えっ⁉」

暴露すると、千歳がショックを受けた情けない顔になった。超絶美形の情けない顔に、みずきは思わずプッと噴き出した。

「条件反射で言っちゃうの。あなたに対しては、ダメって」

千歳に対して素直になれない自分がいることに、みずきは気づいていた。

「千歳のこと、ずっと憎んできたから、そのクセが抜けないの。だからついキツく当たっちゃう。でもそんなの子どもじみてるし、あなたに対して正当な評価をしてないなって思ったから、やめようと努力してるところ」

「……みずき」

「意地悪だったよね、私。今まで、ごめんなさい」

――父の墓参りから一ヶ月が経とうとしていた。

その間、みずきは千歳と会うようになっていた。要するに、交際のお試し期間というやつだ。千歳から『もう一度愛してほしい』と告白されて、みずきは断ることができなかった。その理由を、「気持ちの整理がつかない」などと曖昧《あいまい》なことを言って自分を誤魔化していたが、本当はちゃんと分かっている。

（……気持ちの整理がつかないとか、そんなの言い訳でしかないのよね）

そもそも『断ることができない』時点でお察しだ。

愛憎は表裏一体とはよく言ったもので、要するにみずきも千歳を好きなのだ。好きな相手からの愛の告白を断れるわけがない。

だが、今までの自分の苦しみを振り返ると、素直にそう言えない。

『じゃあ、私はなんのために五年間も苦しんだのよ⁉』

その腹立ちとやるせなさが、みずきに天邪鬼《あまのじゃく》な態度を取らせてしまっていたのだ。

千歳はそれは涙ぐましいほどに努力している。

自分も仕事で忙しいだろうに、毎日のメールと電話は欠かさないし、時間が取れれば会いにくる。もちろん、みずきの負担にならないように無理なことは決して言わず、連絡は全てTPOを配慮されていたし、みずきが疲れている様子を察すると、食事まで差し入れてくれた。メニューがまたみずきの好物だったりするものだから、どこまで至れり尽くせりなのかと怖くなるほどだ。

そして意外なことに、千歳はみずきに対してとても慎重だった。

「俺は君に好かれたいけど、無理強いをしたいわけじゃない」と言って、何をするにもまず許可を取ってくるのだ。

先ほど、「手を繋いでいいか」と訊かれたのが良い例だ。髪についたゴミを取るとか、そんな些細《ささい》な接触でも必ず許可を取り、決して勝手に触れようとはしない。

『オフ会の時は、腕を掴《つか》んだり抱き締めたりしてきたくせに』

と指摘すると、千歳は盛大にため息をついた。

『あの時と今は状況が違う。俺は今、君に試されている期間だ。やっとのことで得たチャンスを、下手を打って台無しにしたくないからね。ここで慎重にならずにどこでなるんだよ』

なるほど、と納得して顔が真っ赤になってしまった。千歳が再び自分の恋人になるために必死なのだと実感したからだ。

(あんなに強引だったくせに……)

肩透かしを喰らったような気持ちになるのは仕方ない。

なにしろ千歳はストーカーである。今後も好意の押しつけのような真似《まね》をしてくるのだろうかと戦々恐々としていたから、こちらを気遣う行動ができるのか、と驚きを隠せなかった。

(……それに、ED《エターナルドリーム》に再びログインするようにと説得してきたことも、意外だったな)

『俺がいるからEDをやめたんだったら、戻ったらいい。俺が抜けるから』

EDは引き継ぎIDとパスワードを残しておけば、アカウントを復活させることができる。以前から、アプリをインストールしたスマホやタブレットが壊れたりした時用に、みずきはこれをアナログで保管してあった。

だからもう一度EDに戻ることができるのは知っていたのだが、それを千歳に勧められるとは思わなかった。

千歳はEDで八十人以上のメンバーを抱えるギルドのマスターだし、上位ランカーであるゆえにそこそこ……いや、かなり課金もしていた。推察するに、おそらく総額七桁はくだらない。

金額からしても、どう考えても自分より彼の方がEDへの思い入れがあると思っていたからだ。

『抜けるって……千歳だってやり込んでたじゃない。それにギルマスが抜けたら……』

『ギルマスはみずきがやればいいよ。元々サブマスだったんだし、文句は出ないと思う。みずきにとって、EDは癒《い》やしだってずっと言ってただろう？　せっかくみずきが作った人間関係を、俺のせいで切り捨てることはない。それに俺は、みずきに近づくためにEDをやってたんだし、目的は達成したからいいんだ』

最後の一言には引いてしまったが、それが嘘《うそ》だとも分かっていた。

きっかけはそうだったかもしれないが、千歳――セコロはEDを心から楽しんでいたと知っているからだ。じゃなければギルドのメンバーの世話を、あんなに焼いたりしない。ほぼ毎日INしていたし、みずき以外のメンバーともたくさん交流していた。

メンバーが今のギルドにいるのは、間違いなくセコロの人柄に惹《ひ》かれたからだ。

仕事や家族以外で毎日交流する者に、情が湧かない人などいない。

（だから絶対、千歳だってEDが好きなはずなのに……）

結局EDの件は話し合いの結果、みずきがアカウントを復活させるし、千歳がやめる必要もない、ということで落ち着いた。

ギルドメンバーには「スマホが壊れた」と言い訳をしたが、オフ会に参加していた三人にはそういうわけにもいかず、また嘘もつきたくなかったので事情を説明することになった。

当たり前だが、千歳のストーカーぶりにみんな揃《そろ》ってドン引きし、かなり心配してくれた。

特に極圧さんには「警察行きますか？」と何度も訊かれたが、最終的には「まあこういうのは当人同士の問題でしかないので、ズッキーさんの意思を尊重しますが」と言ってくれた。

ちなみに今もなお、彼女とタコさんはセコロこと千歳の言動をチェックし、いきすぎていないか注意してみてくれているらしい。

「俺、あの二人から、みずきと個別でチャットするの禁止って言われちゃったんだよね」

あはは、と千歳が笑いながら言っていたが、笑っている場合か。反省しろ。

（とはいえ、そこまでしてくれるって逆に、タコさんたちが家族みたいに千歳を思ってくれてるってことなんだよね……）

そんな関係を、みずきのために諦めるとあっさり言ってしまえる千歳に、複雑な感情が込み上げる。それは陰鬱《いんうつ》な重さを伴う喜びだった。

自分のために実父と絶縁した、と聞いた時にも、同じ感情が込み上げたのを覚えている。

考えてみれば、実父、薬剤師の資格、生まれ育った祖国、そして四年間も培ってきたＥＤの人間関係――と、みずきにもう一度愛されるために千歳が捨てたものが重すぎる。

自分にそれらと同等の価値があるとは到底思えない。

（いろいろやりすぎじゃないですかね……？）

そんなクソデカ感情ちょっと身に余るのだが……と狼狽《うろた》える一方で、そこまでして欲しいと彼が想ってくれたことを、嬉しいと思ってしまっている自分もいるのだ。

（……所詮、同じ穴の狢《むじな》ってことか……）

考えようによっては、五年も前のことを『黒歴史』と呼んで恨み続けていた自分も、相当に重いし執念深い。千歳の執着となんら変わらないではないか。

一ヶ月の間、過去と現在の出来事を整理し、自分の感情に向き合った結果、みずきはそう結論づけた。

「私もあなたが好きだよ、千歳。多分、憎んでた五年間も、あなたを愛していたんだと思う。だから、もう一度あなたと始めてみたいと思う」

並んで歩きながら告白したのは、照れ臭かったからだ。

今まで冷たい態度を取ってしまったせいもある。

だがそのセリフを吐《は》いた瞬間、隣を歩いていた千歳がピタリと立ち止まる。

「えっ、ちょっと！」

あまり人通りの多い道ではなかったが、いきなり立ち止まれば他の通行人の邪魔になる。

焦《あせ》って注意したみずきは、次の瞬間ものすごい力で抱き締められていた。

コートの上からでも分かる厚い胸板に顔が直撃し、痛みと同時に鼻腔《びくう》に千歳の香水の香りが広がった。スパイスの混じる洋酒のような、甘い香りだ。

(——昔と同じ香水を使ってるんだ……)

昔も、千歳に抱き締められるとこの香りがした。

懐かしさと愛しさが込み上げて、クラクラと眩暈《めまい》がしたが、みずきは慌ててバシバシと彼の背中を叩《たた》いた。

「こら、こんなところで、やめて！　周囲の邪魔《じゃま》になるでしょ！」

だが千歳の腕が緩むことはなく、低い呻《うめ》き声が返ってくる。

「——ごめん。許可なしに触って。でも、無理だ」

「は？　無理って……」

「無理。限界。そんな嬉しいことを言われて、我慢なんかできるわけがない」

「え……きゃあっ！」

要領を得ない会話に眉根を寄せる暇もなく、グッと体を持ち上げられて悲鳴を上げた。

子どもを抱っこするように抱え上げられて、みずきは千歳の首にしがみつく。

「何!?　千歳、下ろして！」

「大丈夫、すぐだから」

「え？　何がすぐなの⁉」

「うん、大丈夫」

ひたすらに大丈夫を繰り返す千歳は、そのまま車道へ向かって手を上げる。すると通りかかったタクシーが停まり、千歳はみずきを抱えたまま乗り込んでしまった。

「ちょ、えええ……？」

混乱するみずきを他所《よそ》に、千歳は運転手に住所を告げている。

行ったことはないが、それが千歳の日本で借りているマンションのものだと分かって、みずきは小さく叫《さけ》んだ。

「えっ、ご飯は⁉」

「ごめん、大丈夫」

どっちなんだ、と言いたくなる返答に頭を抱えたくなったが、こちらを見る千歳の目を見て、文句を引っ込める。

透き通った美しい飴《あめ》色の瞳が、底光りしてみずきを凝視していた。

さながら、獲物を見つけた肉食獣のように。

磔《はりつけ》にされたように動けなくなって、ごくり、と喉が鳴った。

黙り込んだみずきに、千歳は大輪の花が綻《ほころ》ぶように破顔する。

「大丈夫だ、みずき。愛してる」

（いや、だから、何が……大丈夫なのよ……）

なんにも大丈夫じゃない、と思ったが、もちろん口には出さなかった。

＊＊＊

千歳の部屋は、七〇平米はあろうかというワンルームだった。

ホワイトオークの無垢材《むくざい》を模した床材に、天然石風のタイルの壁に、北欧風のシーリングライトと、内装はオシャレなのに、置いてある家具はベッドと折り畳み式の小さなテーブルだけだった。

あまりの殺風景さに驚く間もなく、ベッドに押し倒された。

「わっ、ちょ……シャワー！」

さすがに男性の部屋に上がり込んで何もないと思うほど、みずきは初心《うぶ》でも馬鹿《ばか》でもない。

こうなるだろうことは予想していたし、覚悟してきたつもりだ。

みずきとて、千歳と抱き合いたいという欲望がないわけではない。彼を愛しているのだと自分で認めた以上、今さら嫌だと言うのは馬鹿げている。

この際空腹は我慢しても、シャワーは浴びさせてほしい。こちとら一日働いて汗と埃《ほこり》に塗《まみ》れているのだ。

押し倒した体勢でみずきを抱き締めたまま微動だにしない千歳は、しかし彼女の訴えを「ごめん」の一言で退ける。

「無理。もう無理。我慢なんてできるわけない」

「シャワーだけ！　ほんの十分だよ！」

「無理。だめ。今すぐ抱かないと、俺が爆発四散する」

「どういうこと」

お前は花火かなんかか。

「わぁっ、服を脱がせようとしないで！」

「脱いで。見せて。触らせて。みずきの全部、確かめたいんだ。じゃないと爆発四散する」

「ねえ、なんでカタコトなの怖い。……ってか、もう、だめだったら！」

千歳がなおもグイグイと服を脱がせようとしてくるので、その手を掴んで阻止しようとしたら、逆に掴み返されて手のひらにキスをされた。

まるで祈りのように、厳《おご》かに、そっと落とされた唇は、柔らかかった。

千歳は目を伏せていて、そのまつ毛の長さがよく分かる。

マッチ棒が載りそうだ、などと明後日のことを考えていると、瞼《まぶた》がゆっくりと開いて、美しい瞳が見えた。

(――ああ、きれい)

昔、こうして千歳の瞳を見るのが好きだった。外国の血が入った彼の瞳は色素が薄く、中心から外に向かって、茶色から緑がかった色へとグラデーションを描いているのだ。

昔と変わらない透き通った美しい瞳に、自分の顔が写っている。

それを見て、みずきは抵抗するのをやめた。

ふ、と笑いが込み上げる。

(……そりゃ、千歳が止まるわけないか)

透明な目に映った自分は、千歳と同じ貌《かお》をしていた。

彼に抱かれたくて堪《たま》らない――そんな欲望が溢れる、獣《けもの》の顔だ。

みずきの体から力が抜けたことに気づいたのか、千歳がふわりと眦《まなじり》を緩ませる。

「愛してる、みずき。抱いていい?」

「――いいよ」

まだ一応許可を取るんだな、とおかしくなったが、笑う前に唇を塞《ふさ》がれた。

（――ああ……）

重なった唇の感触に、体の芯が震える。

千歳だ。記憶と変わらない、あの頃と全く同じキスに、涙が出そうになった。

触れ合うだけのキスは、すぐに堰《せき》を切ったように深くなる。性急な動きで千歳の舌が歯列を割り、みずきのそれに絡みついた。

雰囲気《ふんいき》も技巧もない、がむしゃらなキスだった。

噛み付くように、貪《むさぼ》るように口内を掻《か》き回され、みずきはついていくのに精一杯だ。

「みずき……、みずき……！」

千歳はキスの合間に、譫言《うわごと》のように何度も名前を呼んだ。

それがまるで存在を確認されているみたいで、みずきは小さく笑みを漏《も》らす。

「……そんなに呼ばなくても、ここにいるのに」

すると千歳がくしゃりと苦しげに微笑《ほほえ》んだ。

「……分かってる。でも、まだ信じられないんだ。名前を呼んでいないと、また夢みたいに消えてしまいそうで」

「夢……」

鸚鵡《おうむ》返しをすると、千歳は「そう」と吐息《といき》と共に頷《うなず》いた。

「何度も見た。同じ夢だ。何もない場所で俺はずっと君を探していて、やっと見つけたと思ったら、目の前で君が消えてしまう。……霧みたいに。叫《さけ》びながら霧をかき集めようと掴むのに、指の間から漏れて消えて、俺の手の中には一筋も残らない。喪失感と絶望で、泣きながら目を覚ますんだ」

夢を語る千歳の声は、少し震えていた。

怯《おび》えた子どものような表情に胸が切なくなって、みずきは彼の美しい顔をそっと撫《な》でる。

「可哀想《かわいそう》」

すると千歳は驚いたように小さく目を見張る。

「……可哀想だと思うなら、俺に実感させて。君がここにいると」

どうしろと？　とみずきは苦笑した。

こうして触れ合って、キスもしているのに、これ以上どうしろと。

だが、千歳の気持ちも分からなくはない。みずきもまた、今のこの状況をどこか夢のように感じていたからだ。

（私たちは、多分、長く離れすぎていた）

だから思い詰め、拗《こじ》らせて、心が辛《つら》い時の状態からなかなか戻ることができない。

(……でも、一緒にいれば、きっと信じられる)

自分たちが共にある現在《いま》も、この先の未来も——。

みずきは両手で千歳の頬を包むと、そっと引き寄せてキスをした。

祈るように、誓うように。

「ここにいるわ」

唇を離して囁《ささや》くと、千歳は目を丸くしていた。

「——もっと」

強請《ねだ》る声に微笑んで、みずきはもう一度唇を重ねる。

(何度でも……いくらだって、欲しいだけ抱き合おう)

苦しかった分だけ、悲しかった分だけ、飢《う》えていた分だけ。全部取り戻すまで抱き合えば、きっと信じられるはず。

祈りを込めたキスに、千歳が熱を持って返し始める。

熱い手がみずきのニットの下を潜《くぐ》り、脇腹の皮膚を直《じか》に撫でた。骨ばった指に肋骨を辿《たど》られ、背中にブルリと震えが走る。

この先にある熱を知っている。

期待に自分の体が熱くなるのが分かった。

肌の感触を味わうように、千歳の手のひらがピッタリと貼り付いたまま体の上を這《は》い回る。

(熱いし、渇いてる……)

千歳の体温は、みずきの体温より高い。わずかな温度差なのに、重なる肌から伝わる彼の熱さが心地好くて、うっとりと目を閉じた。

セックスをするのは久しぶりだ。千歳と別れてからずっと恋人はいなかったし、そんな行為をしたいという欲もあまり感じなかった。だから、誰かに触れられることがこれほど気持ち好いことだと、すっかり忘れてしまっていた。

千歳の手はもどかしげに服の中を這い、背中へ回ってブラのホックを外す。

フッと締めつけから解放され、その快感と心許なさに吐息をついていると、千歳が歯を食いしばるようにして言った。

「みずき、脱いで」

切羽詰まった声色に目を上げると、千歳のギラギラとした目と視線が合った。薄い色の瞳が欲情の熱に揺れていて、みずきのお腹の奥がずくりと疼《うず》く。

「ごめん、余裕ない」

熱い呼気と一緒に吐《は》き出すように言われて、みずきは唇をグッと噛《か》んだ。余裕がなくなるほど自分を欲してくれているのだと思うと、胸が軋《きし》むほど嬉しかった。

千歳に促されるまま上体を起こして服を脱ぐと、千歳はそれをじっと見つめてくる。脱いでいるところを凝視されると、さすがに恥ずかしい。

「……千歳も、脱いでよ」

唇を尖《とが》らせてみずきが言うと、千歳は困ったように歪《ゆが》んだ笑みを見せる。

「……脱ぎたいけど、ボタンが外せない」

「え？」

「情けないけど、指が震えて、うまく動かない」

千歳は言いながら、開いた両手を目の前に差し出してきた。

見れば、彼の手は確かに小刻みに震えている。

「え？　寒いの？」

驚いて自分の手で彼の手を摩《さす》ったが、千歳は首を横に振った。

「違うよ。……やっと、みずきに触れているんだって思ったら、緊張して……」

「――」

みずきは言葉を失った。

（――どうして、そこまで……）

自分なんかを想ってくれるのか。

触れるだけで指が震えるほど、切望してくれるのか。

特別に美しいわけでも、賢いわけでもない。どこにでもいる、ただの女だ。

「……どうしてそこまで、私を愛してくれるの」

湧いてきた問いは、知らず口から溢れていた。

千歳は少し考えるように間を置いた後、「分からない」と目を細める。

「自分の執着が、いきすぎていることは分かってるんだ。ネットでストーカーとか、どうかしてるよな」

みずきが聞きたかったのは自分を愛してくれる理由だったのだが、千歳は自分の愛情の特殊性の理由を訊《たず》ねられたのだと思ったらしい。

だが彼のその答えがおかしくて、みずきはちょっと笑ってしまった。

「……自覚はあるんだ」

思わずツッコむと、千歳は「ごめん」と呟《つぶや》いてから、手のひらでみずきの頬に触れる。その手がまだ震えていて、また胸がキュッと軋《きし》んだ。

「でも、どうしようもないんだ。俺は君と出会ってからずっと、君が好きで、君が欲しくて……ただそれだけのために生きてる」

「……思い込み、なのかもよ？」

熱烈な愛の言葉に、つい天邪鬼なことを言ってしまう。

けれど千歳はそれでも揺るがなかった。

みずきの目を真っ直《す》ぐに覗《のぞ》き込んで、挑むように口の端を吊《つ》り上げる。

「思い込みでもいいよ。みずきが手に入るなら」

そう言ってもう一度キスをすると、彼はみずきの手を自分のシャツのボタンへと導いた。

「みずきが外して」

指が震えているから外せないということだろう。

こちらは全部脱いでしまったのに、彼だけ着込んでいるのもおかしい。

仕方ないな、と思いながらもボタンを外していると、その横から千歳が首や肩にキスをしてくる。

「ん、ちょ、やめてよ。外せない」

「頑張れ」

邪魔をしている本人に応援された。

どういうことだ、と思ったが、千歳は愛撫を止める気はないようだ。

「もう！　千歳！」

文句を言いながらもボタンを外し終えると、それを見計らったようにグイッと背後に押し倒される。

「ありがと」

横たわったみずきの上に跨《また》がった千歳が、シャツを脱ぎ捨てながらニッと笑って礼を言った。

逞《たくま》しい上半身があらわになって、みずきは息を呑《の》む。

厚い胸板に、割れた腹筋――ミケランジェロのダビデ像のような肉体美が、部屋の薄暗い照明に照らし出されていた。

千歳の体が記憶よりも一回りは大きくなっている。

「え、すごい……。どうしたの、この体……」

鍛えたのだろうかと思ったが、千歳の答えは違っていた。

ああ、と自分の腕を見下ろして、肩を竦《すく》める。

「ガーナでボランティアしてたって言っただろ？　廃棄物の仕分けや運搬ってものすごく重労働なんだ。やってるうちに、自然とこの体になった」

「今もボランティアを？」

「ボランティアっていうか、今はもうそれで会社を作ったから。現地に行ったらスタッフと一緒に作業もするね」

「そうなんだ……」

みずきは呟《つぶや》いて、手を伸ばして彼の腕に触れた。

そこには縫合の跡と思われる大小の傷痕があった。他にも、火傷《やけど》の痕のような白い瘢痕《はんこん》もいくつかある。どれも昔にはなかった傷痕だ。

「痛そう……」

「もう痛くない。アグボグブロシーは危険物だらけだから、うっかりすると怪我《けが》をする。今はもう防御服を着るしこんなヘマはしないけど、最初の頃は結構ね。日にも焼けたし、傷痕だらけだし、汚い腕になったよ」

自嘲ぎみに言う千歳に、みずきは首を横に振る。

「汚くない。カッコ良くなった」

それは慰《なぐさ》めるつもりの嘘ではなかった。

大学時代の千歳にはない、働く男の力強さが、その肉体にはあった。

すると千歳は「俺も」と首肯する。

「昔の俺より、今の俺の方がカッコいいと思う」

「自分で言うの」

自信満々な笑顔がおかしくてツッコむと、千歳はニッと笑った。

「正直者だろ。製薬会社の御曹司の坂上《さかがみ》千歳より、ベンチャー企業取締役のチトセ・クラインの方が断然自分の人生を生きてて楽しんでる。なにより、心底愛した女を手に入れた男が、カッコ良くないわけないだろ」

「……それは、本当にそうかも……」

昔も千歳が好きだった。彼の穏やかさや、他者への優しさを尊敬していた。

けれど今の千歳は、昔の長所をそのままに、強《したた》かさと大胆さを身につけた。それは、この五年間の間に彼が得た多くの経験と、成し遂げた成功とで培われたものなのだろう。

みずきが肯定すると、千歳はその眼差《まなざ》しに艶《つや》を増して、じっと見つめてくる。

「カッコいいと思う？　本当？」

子どもみたいな確認に、みずきはクスクスと笑った。

「本当。すごく、カッコ良くなった」

「……じゃあ、俺を愛してよ」

切ない声音に目を上げると、千歳の美貌に苦しげな微笑みが浮かんでいた。

「俺を愛して、みずき。俺と同じくらい……頭がおかしくなるほど、俺を欲しがってよ。俺と同じ所まで落ちてきて」

狂おしいほどの切願に、心が満たされるのはどうしてなのか。

自分と同じだけ愛し返してほしい、という願いは、酷く子どもじみている。愛情の大小は計れるものでも比べられるものでもないし、そもそも愛情の定義だってその人によって異なるものだ。他者の感情を己の感情と同列にすること自体がナンセンスだ。

だがそれでも、人は誰かと分かり合いたい生き物なのだ。

それが愛する人ならなおさらだ。

（ナンセンスだって分かっていても、そのクソデカ感情に心が満たされてる私も、結局あなたと同じなのよね――）

みずきは微笑んで頷いた。

「いいよ。一緒に落ちよう、千歳」

あなたのいる場所より、もっと深い所まで。同じ穴の狢、だ。

キスをして抱き合って、お互いの心臓を掴み合うまで一つになろう。

相手が離れようとすれば、その心臓を握り潰せばいい。

千歳が死体になっても愛せるし、きっと彼も同じだろう。

それでも不安なら、お互いの命を掴んだ状態で、離れられなくなってしまおう。

みずきの言葉に、千歳が目を見張る。

信じられないものを見るような表情だった。

「落ちてくれるの」

「うん。私の愛も人生も、全部あなたに渡すよ。だからあなたも、全部私にちょうだいね」

その返事に、千歳は呆然《ぼうぜん》としたように固まった。

薄い色のきれいな瞳に透明な涙が浮かび、雫《しずく》になってみずきの鎖骨の上に落ちる。それを美しいなと思っていると、掠《かす》れた囁きが聞こえた。

「丸ごとあげるよ。――全部、受け取って」

秀麗な美貌が下りてきて、みずきの唇を塞ぐ。重なった瞬間に深くなったキスは、先ほどの性急さはなく、労わるような甘さがあった。

キスの間も、千歳の愛撫は進んだ。乳房の弾力を楽しむように揉《も》みしだかれ、心臓が高鳴った。久々の性的な触れ合いに、体が緊張するのが分かる。だがその緊張も、乳首を摘《つ》まれてすぐに霧散した。敏感な場所への刺激に、理性から欲望へと体のスイッチが切り替わる。

「ふ、好きな場所、変わらないね。……嬉しいな」

みずきの体の反応に、千歳がうっそりと笑った。

そんなものが簡単に変わるわけがない、と思うのに、昔のままだったことがよほど嬉しいのか、千歳は乳首を執拗《しつよう》に弄《いじ》り始める。

「……っ、ん、ぁ、……!」

指の間で転がされ、捻《ひね》られて、下腹部にジクジクとした疼《うず》きが溜まっていく。

弄られる度にピクピクと体を揺らしていると、乳房の上をジュッと吸い上げられて痛みを感じた。キスマークをつけられたと分かったが、それを怒る暇も与えず、乳首に吸いつかれる。

「ひ……！」

生温かく濡《ぬ》れた感触を胸の先に覚えて、小さな悲鳴が出た。そのまま口の中で飴《あめ》玉のように舐《な》め転がされて、強い快感に脳に霞がかかる。溜まった疼きに目覚め始めた欲望が胎《はら》の中を熱くして、じわりと奥から愛蜜を溢れさせる。

久しぶりの快楽に、みずきの体が嬉々《きき》として溺《おぼ》れていく。

千歳が空いた手でもう片方の乳首も弄り始める。両方いっぺんに刺激されると、快感に身悶《みもだ》えしたくなって腰が浮いた。

するとそれを見計らったように手が伸びてきて、みずきの柔らかな内腿をスルリと撫でながら脚の付け根に到着し、下生えを優しく梳く。

秘めた場所への接触に、どきりと心臓が鳴った。

わずかに身を強張《こわば》らせたみずきに、千歳が耳元で囁く。

「大丈夫」

何が大丈夫なのか、と普段ならツッコむところだが、今はただ頷いた。

千歳は嬉しそうに目を細め、みずきの耳介《じかい》に鼻を擦りつけた後、パクリとそれを喰《は》んだ。

ぴちゃ、という音がダイレクトに鼓膜を揺らし、ゾクゾクとした喜悦が電流のように背中を駆け下りる。

それと同時に、下生えを撫でていた指がさらに奥へと進み、蜜を湛《たた》えた女陰《にょいん》へと触れた。

「……ああ、もう濡れてる」

耳の中に吹き込まれる嬉しそうな囁きは、みずきにとってはもう愛撫でしかない。快感の電流がパチパチと音を立てそうなほど強烈に体の芯を震わせた。

その一方で、泥濘《ぬかるみ》の中に指を差し挿《い》れられ、媚肉を掻き回される。異物が侵入する違和感は一瞬で、隘路《あいろ》はすぐに千歳の指を歓待した。

「すごい、もうこんなに熱くなってるんだ……」

指を二本に増やして、みずきの膣内《ナカ》の内襞の一ヶ所一ヶ所を味わうように捏《こ》ねながら、千歳が恍惚《こうこつ》とため息をつく。

その吐息にすら反応してしまい、嬌声《きょうせい》とともに顎を上げると、千歳が愛しげに頬擦《ほおず》りをしてきた。

「ああ、すごい、みずき、かわいい……、どうしよう、俺、理性飛びそう……」

独り言のようにぶつぶつと言って、千歳はみずきの両膝を抱えると、それを胸に押しつけるようにして折り曲げた。この体勢だと、局部が彼に丸見えになる。さすがに羞恥心《しゅうちしん》が込み上げたが、そこに熱い物をあてがわれて息を止めた。

見えないけれど硬く重量のある感触から、彼のものがもう臨戦態勢になっていることが分かり、体中の細胞が熱を帯びる。蜜路が期待にヒクつき、愛液がまた奥からとぷりと吐《は》き出された。

「あっ、ゴム……」

快楽に侵された思考の中でもわずかに残った理性が働き、焦って要求すると、千歳は「まだ挿れないから」と言った。

「……挿れたいのはヤマヤマだけど、一回で治まるとは思えないしな……」

「え……」

「ぬるぬるだし、さっきからめちゃくちゃ締めつけてくるし……めちゃくちゃ気持ち好さそう。やばいな。俺、持たないかも……」

なおもぶつぶつと言いながら、千歳が腰を動かし始める。

「あっ……！」

ビリ、と快感が全身を貫いた。

溢れた愛液で滑りの良くなった脚の付け根に、千歳の陰茎が何度も素早い動きで前後する。猛《たけ》った剛直で蜜口の上を擦られると、粘着質な水音が恥ずかしいくらいに立った。

ピストンの度に、張り出した雁首が期待に膨らんだ陰核を擦り上げ、目の前に火花が散るほど強烈な快感がみずきを貫く。

「ぁっ、……ぁ、ああっ、ち、ちとせ、これっ、だめっ」

千歳の怒張は上を滑るばかりで、まだ膣内には入って来ない。先ほど彼が言ったとおり。まだ挿れるつもりはないのだろう。

だがみずきはもう欲しくてたまらなかった。自分の虚路《うつろ》が戦慄《わなな》き、キュウキュウと収斂《しゅうれん》してここに欲しいと叫んでいるのに、それを無視して陰核だけを刺激され続けて、欲しい快楽をもらえずに頭がおかしくなりそうだ。

ダメだと言っているのに、千歳は動きを止めるどころか、そのスピードを上げる。

ぐちゃ、ぐちゃと身動《みじろ》ぎのタイミングに合わせて淫音が鳴って、恥ずかしさと気持ち好さの狭間で、みずきは啜《すす》り泣いた。

「だめ？　好さそうだけど」

「だっ、て、すぐ、イッちゃっ……！」

イヤイヤと子どものように首を振って訴えたのに、千歳はうっそりと笑って言った。

「イッていいよ」

「やあっ、もう、欲しいのにっ……！　お願い……！」

半分泣きながら叫ぶと、千歳はぴたりと動きを止めた。

「……そんな可愛いこと言われたら、仕方ないな」

苦い笑みを浮かべて言われ、みずきはホッとして頬を緩める。ようやく欲しかった快楽を与えてもらえると思うと、お腹が切なく疼いた。

千歳は「ちょっと待ってね」と言って避妊具を取り出すと、素早く装着してみずきを真上から見下ろした。

「挿れるけど、途中でへばらないでね」

念押しされて、みずきは不思議に思いながらも頷いた。セックスの最中でへばったことなど一度もないのに。

だが千歳は満足げに「言質取った」と笑い、再びみずきの脚を抱え上げた。

開かれた脚の付け根は濡れそぼり、ヒクヒクと震えながら待ちわびている。そこにずっしりとした熱杭がひたりとあてがわれ、みずきはこくんと喉を鳴らした。

「——みずき、俺が欲しい？」

「欲しい！」

餌《えさ》を前に焦《じ》らすように問われて反射的に答えると、千歳がクッと笑った。

「即答。最高」

揶揄《からか》っているのか、と怒ろうとした瞬間、串刺しにされた。

「――――ッ！」

息もできなかった。全身を雷のような快感が貫いて、一気に絶頂に押し上げられる。

一突きで腹の奥まで埋め尽くした千歳は、みずきとピッタリ重なったまま硬直していたが、やがて深く息を吐き出しながら緊張を解いた。

「――っは、ヤバ。挿れただけでイッたの？　搾《しぼ》り取られるかと思った……」

千歳の声は耳に入っているが、絶頂の余韻が強烈すぎて、みずきは反応を返すことができない。まだ愉悦の残りが生々しく体を満たしていて、全身が酷く敏感になっているのが分かった。

それなのに、千歳が律動を再開し始める。

「ぁっ、ぁ、やぁっ……だめ、まだ、イッてるから……」

絶頂の快感に戦慄く蜜筒を、張り詰めた剛直にズリズリと擦り上げられて、消えかけていた欲望の火にまた熱が灯されていく。

「ダァメ。俺がまだイッてないでしょ。へばんないでって言ったはずだよ」

言いながら、ずるりと陰茎を引き出される。太い亀頭に媚肉を刮《こそ》がれ、ゾクゾクとした疼きが腰を這い上がり、みずきの脳内が再び快楽に霞んでいく。

抜け落ちるギリギリまで引き抜かれた剛直が、再び勢いよく最奥まで叩き込まれた。重く鋭《するど》い突きで子宮の入り口を叩かれて、痛みにも似た鈍い悦《よろこ》びが顔を覗《のぞ》かせる。

そのまま凶暴なまでの勢いで抜き差しを繰り返され、みずきはあっという間に愉悦の淵《ふち》まで追い詰められた。

穿《うが》たれ、揺さぶられ、呼吸すらもままならないほどもみくちゃにされて、汗と涙に塗れながら必死で腕を伸ばして千歳の背中に縋《すが》り付く。

頭がおかしくなるほど、気持ちが良かった。

「あっ、あっ、ひ、ぁ、ぁあっ！」

いつの間にか自分でも腰を振りながら、みずきは千歳を見る。

彼はいつもの美貌を苦しげに歪ませていた。

「千歳、ちとせ……！」

わけも分からず名前を呼ぶと、千歳が苦悶《くもん》の表情のまま額を合わせてくる。彼の汗がパタ、と自分の頬に落ち、その感触にすら愛しさが込み上げて泣きそうになった。

「愛してる……」

囁きながら告げると、千歳が美貌をくしゃくしゃにして笑った。泣き笑いだった。

「……俺も、死ぬほど、愛してる」

そう囁き返すと、千歳はみずきの唇にかぶりつくようなキスをした。

差し入れられた舌を夢中で受け止め、お互いに貪るように絡め合う間も、腰の動きは止《や》まなかった。

激しい抽送に泡立った淫液が、とろりと接合部から溢れ出し、後孔に伝い落ちる。猛り切って今にも弾《はじ》けそうな剛直に、媚肉が涎《よだれ》を垂らして絡みつくのを感じた。

(気持ち、いい、気持ちいいよぉっ……！)

「みずき、もう、イク……！」

唸《うな》り声のように言って、千歳がゆらゆらと浮いた柔尻を鷲掴《わしづか》みにした。滑らかな肌に指が食い込むのも構わずみずきの腰を固定すると、千歳は最後の猛攻をかけ始める。

「あ、あぁ、あ、あ、も、イク、わたしも、イクから……ッ！」

ドン、ドン、と腹に衝撃を感じるほど強く深く穿たれ、極限まで熱くなっていた快感が、白い光を伴って解き放たれる。

「みずき……！」

切羽詰まった千歳の声が聞こえて、自分の一番奥で彼が爆《は》ぜた。それに幸福を感じながら、みずきもまた絶頂に飛んだのだった。

第六章

香ばしい匂いが部屋中に立ち込めている。

蓋《ふた》をしたフライパンを神妙な顔で見つめているのは、目を見張るような美貌の青年だ。見上げるような長躯《ちょうく》に、フリルのついた可愛《かわい》らしいエプロンをつけている。

ちなみにこのエプロンは、みずきが高校の家庭科の授業で作ったものである。フリルはみずきの趣味でもないが、授業ではエプロンのデザインを選べなかったので致し方ない。

「みずき、まだ蓋開けちゃダメ？」

明らかにサイズもデザインも合ってないエプロンをつけているのは、恋人の千歳《ちとせ》だ。

今日はみずきの家で夕食を作っているのだが、料理が得意でない彼は、全ての工程でみずきの指示を仰《あお》いでくる。

――そう。今日は千歳のためのお料理教室なのである。

みずきは母子家庭で育ったせいもあり、一通りの家事はこなせる。

だが千歳は家に住み込みの家政婦さんがいるレベルのお坊っちゃまだった。中学からは食堂のある全寮制の学校に通っていたので洗濯や掃除などはできるが、料理に関してはからきしなのである。

オランダに渡った後も、家で食べるのはシリアルやハム、ヨーグルトといった、そのまま食べられるいわゆる「冷たい料理」がほとんどで、作ったとしても冷凍食品をレンジで温める程度だったそうだ。お母さんも料理はしない人なんだとか。

（確かに、大学生の頃も料理をしてるのを見たことがなかった……）

みずきは実家住まいだったので夕食は基本的に家で摂ることが多く、千歳と食事する時は大抵外食かコンビニ弁当だった。また千歳が理玖《りく》の家庭教師をするようになってからは、母の意向で千歳も阿川《あがわ》家で夕食を摂っていたので、自炊に関してはあまり気にしたことはなかった。

己のパートナーがこれではいかん。将来苦労するのは自分である、と危機感を覚えたみずきは、彼に料理を教えることにしたのだ。

「まだダメ。ちゃんと蒸らさないと、餃子《ぎょうざ》が生焼けになるよ」

「なるほど」

「水分が半分になるまで蓋をしたままでね。その後蓋を開けて、水分がなくなるまで焼くのよ。はい、その間に使ったボウルやまな板を洗って」

コンロの前でそわそわと立っている彼に指導しながら、みずきはやれやれとため息をついた。

ここまで大変な道のりだった。餃子は子どもの頃から母に教わりながら作っていたメニューだったので、初心者向けかと思ったが、そうではなかったらしい。本当の料理初心者にとっては、野菜をみじん切りにするのも、皮で具を包むのも難しかったようだ。

（……正直、自分でやった方が数倍速かったし、楽だったな……）

十七時から作り始めて、今はもう二十時半である。予定では二時間早く出来上がっているはずだった。

そう考えると、子どもの自分や理玖に料理を教えた母は、相当根気強かったんだろうなと感謝してしまった。

（でもまあ、千歳が楽しそうだったし……）

鼻歌を歌いながら洗い物をしている千歳を見て、クスッと笑う。

フリルのエプロンが本当に似合っていないし、餃子の皮の粉が服のあちこちについてしまっている。

それなのにどうしてこんなに素敵《すてき》だと思ってしまうのだろうか。

（……色ボケってこういうことを言うんだろうなあ……）

アバタもエクボとはよく言ったものだ。

『裏切り者の元カレがストーカーになって迫ってきましたが、復縁しました』とか、自分の話じゃなかったらギャグかと思うだろう。そして肩を揺さぶって「正気に戻れ」と言うに違いない。

（紘子《ひろこ》やタコさんたちも、きっとそうなんだろうなぁ）

特に紘子に千歳と復縁することになったと話した時はすごかった。

事情を話し終えた瞬間、真面目な顔で「とにかく警察行くよ」と引っ張っていかれそうになったのだ。慌てて説得を繰り返し、大丈夫なのだと言ったが、納得してもらうのに数時間かかった。

（けど、自分が紘子の立場なら、同じことをする自信があるからな……）

それくらい、今の自分たちの関係は尋常なものではないのだ。

千歳と正式に付き合い始めて、一ヶ月が経ったが、今のところ二人の関係は順調である。

現在二人は一緒に暮らしている。と言っても完全に同居するわけではなく、その時の状況で都合の良い方の家に泊まる、といった緩い同居である。

千歳は『お試し期間』に毎日のようにみずきに会いに来ていたのだが、実は相当に無理をしていたらしく、今そのツケを払っている。

溜まった仕事をものすごい勢いでリカバーしているのだろう。彼の会社の日本のオフィスは新宿《しんじゅく》にあるそうで、朝出て行ったきり夜中まで帰らないこともある。また家にいても山のようなメールや、オンライン会議に電話にとひっきりなしに対応している。

まさに馬車馬である。

みずきももちろん仕事があるしで、会う時間を捻出するのが難しかったことから、ならばいっそ一緒に暮らせばいいのでは、という話になったのだ。

同居に関して、千歳は手放しで喜んだが、みずきは少々不安もあった。

なにしろ、一人暮らしをしてそれなりに長い。

自分の時間を自分だけに使えるという自由は、非常に得難いものである。ご飯を食べるのもお風呂に入るのも寝るのも、自由気まま、その日の気分でできるという生活が、同居人がいるとなれば一変するのは自明の理。

おまけに相手は自分の好きな男とくれば、見せたくない日常だってあるのは当然である。

(一緒にいたいのはもちろん本当だけど、ストレスも増えそうだなぁ)

と内心心配していたのだが、蓋を開けてみれば、千歳との同居生活は意外と快適だった。

というのも、彼がとても自立しているからだ。

炊事はできないが、掃除や洗濯はこまめにしてくれるし、なんなら掃除はみずきよりも几帳面である。「家ん中きれいにするのは病気の予防だからだよ。ガーナとかだと、手洗いうがいと住居の清潔さを保つことは健康管理の最初の項目」と言っていた。なるほど。

それと、彼は所有する物が少ない。物が少ないと、散らかさない。

ミニマリストに近い思考の人なのだ。

（あの何もない部屋も、そのせいだったのね……）

千歳のだだっ広いワンルームには、必要最低限の物しかない。「寝に帰るだけだしな」と言っていたが、彼があまり家や物にこだわりがない性質だから、という方が大きいのだろう。

「物は管理しなくちゃならないだろ。だから物が増えるってことは面倒が増えるってイメージ」とは千歳の弁だ。

聞けば仕事の都合上、日本の他にもデン・ハーグ、アクラ、LA、デュッセルドルフ、北京にも住居があるらしく、全て寝るためだけの場所だと言っていた。さらに各住居は会社のスタッフも泊まったり住んだりするらしく、私物が最低限になるのも理解できる。

そんな生活をしてきた千歳だから、その自立した暮らしぶりも納得なのである。

「おっ、水、もう半分くらいじゃない？　蓋開けていい？」

ワクワクした調子で訊《き》いてくる千歳に「いいよ」と許可を出しながら、みずきは苦笑する。

（こんな子どもみたいな顔をしてると、世界中を飛び回って活躍する企業家だなんて信じられないよね……）

それが自分の恋人だというのも、なんだか不思議だ。

（あのオフ会から始まって、なんだかあっという間だったなぁ……）

一連の騒動を思い返して感慨に耽《ふけ》っていると、フライパンからパチパチと良い音が立ってきた。そろそろ頃合いである。

「よし、火を止めていいよ」

「お、よし！　出来上がり？」

「そう。餃子の完成！　よくできました」

「うおー！　マジ美味《うま》そう！」

蓋を開けた瞬間、ごま油のいい匂いがブワッと広がって、ぺこぺこのお腹がギュッと動いた。

初めての手作り餃子に感動する千歳に笑いながら、みずきは冷蔵庫を開ける。

「餃子にはやっぱりビールだよねぇ」

ふふふ、と笑いながら缶ビールを取り出すと、千歳がパッと喜色を見せた。

「最高！」

「さぁ食べよう食べよう！」

こんがりといい色に焼けた餃子は、パリパリの羽もしっかりできている。中身はエビと豚、ニラと白菜に生姜《しょうが》をたっぷり入れた。美味《おい》しくないわけがない。

餃子とスープ、そして作り置きの棒棒鶏《バンバンジー》をテーブルに並べると、ようやく今日の晩餐《ばんさん》だ。

「かんぱーい！」

缶ビールを軽くぶつけ合い、今日の一杯目を口にする。ゴクゴクと喉を鳴らし、缶の半量を一気に流し込むと、みずきは盛大にため息をついた。

「あーっ、美味しいっ！　空きっ腹にビールが沁みる～！」

「美味しそうに呑《の》むなぁ」

ニコニコしながら千歳が言う。

千歳はあまり酒に強い方ではなく、いつもみずきの呑みっぷりに感嘆してくれるのだが、それが少々恥ずかしい。

「だって美味しいんだもん」

唇を尖《とが》らせると、千歳は餃子を頬張りながら不思議そうな顔になった。

「酒が美味しいのは良いことだろ？」

「や、まあ、そうなんだけど。豪快な呑みっぷりってみんなに言われすぎてて、ちょっと恥ずかしいっていうか……」

「豪快も褒《ほ》め言葉だよ。俺はみずきが美味しそうに酒呑んでると、嬉しい」

優しい微笑《ほほえ》みでサラリと言われて、みずきは「それはどうも」とゴニョゴニョと言うしかできなかった。

（たまに自分の彼氏が天使なんじゃないかって思うことがあるな……）

いよいよ「アバタもエクボ病」が悪化してきている。

照れ臭さを誤魔化《ごまか》すように餃子に齧《かじ》り付くと、肉汁がジュワッと口の中に広がって、目を輝かせた。

「おいしっ！　餃子、めっちゃ美味しい！」

「俺も思った！　初めて作ったにしては快挙だよね？」

「快挙、快挙！　千歳、餃子作り上手！　天才！　また作ってね！」

「ふふ、任せてくれ！」

ドン、と胸を叩《たた》いて了解する恋人に、みずきは内心しめしめと思う。

これを機にどんどん料理にチャレンジしてもらおう。

褒めて育てる、がみずきのモットーである。

パートナーを育てる、なんて男尊女卑的なことを言うつもりはないが、一緒に暮らす以上お互いが暮らしやすいように歩み寄る必要はある。千歳の方も、みずきに掃除の仕方などを伝授してくれているから、多分それを分かっているのだと思う。

（アバタもエクボとかどうでもいいよね。互いに理解し合って幸せであることが大事……）

うまくいってる、と満足しながら二本目の缶ビールを出しに席を立とうとすると、千歳にグッと手を掴《つか》まれる。

「あ、ビールはこれでおしまいだよ」

「え」

ストックが切れたのだろうか、と思ったが、さっき冷蔵庫を見た時にはまだ入っていたことを思い出して、みずきは首を捻《ひね》った。

「まだあったよ。さっき冷蔵庫に入ってた」

「ストックの話じゃないよ。二本目は禁止ってこと」

「えっ？　なんでよ？」

先ほど「みずきが美味しそうに酒を呑んでると嬉しい」と言ったくせに、と目を丸くしていると、千歳はジロリとこちらを睨《にら》んでくる。

「……昨夜、酒を呑みすぎて寝ちゃったのはどこの誰だっけ」

「うっ……！」

痛いところを突かれて、みずきはグッと押し黙った。

昨日は金曜日だった。週末の解放感に浮かれて、久々に良いワインでもと仕事帰りにちょっとお値段の張る赤ワインを買って帰ったみずきは、フルボトルをほぼ一人で呑み、そのまま眠ってしまったのだ。

アルコール代謝の良い遺伝子を持って生まれたおかげで二日酔いになることはなかったが、朝起きた時の千歳の含みのある笑顔を見て「しまった」となった。

この笑顔はダメなやつだ。一見美麗で穏やかそうに見えて、目が笑っていない。彼が不機嫌な時にする笑顔である。

千歳が不機嫌になる理由は分かっていた。

金曜日は夜のお誘いをされていた日だったからである。

前述のとおり、多忙な日々を送っている二人だ。一緒に暮らしていても、相手の寝顔を見ながら出社し、相手が帰宅した時には自分が寝ている、なんてこともよくある。

なので、一ヶ月一緒に暮らしていても、抱き合うことができたのはなんと数回だったりする。

五年も離れ離れだったから、もっと触れ合いたいという欲はみずきにもあったが、お互いに仕事があるのだから仕方ない。そのうちタイミングが来るでしょう、と問題を放置して二週間が経過した頃、千歳が限界を迎えた。

朝、目を覚まして一番に、みずきは盛大な悲鳴を上げた。

目の下に隈を作ってヘロヘロな千歳が、ベッドに腰掛けてこちらを見つめていたからだ。いくら美形とはいえ、起き抜けにアップで人の顔があったら誰だって叫《さけ》ぶだろう。

何事!?　と半泣きになるみずきに、千歳は真剣な顔で懇願するように宣言した。

『今日、死んでも、みずきが起きてる時間に帰ってくるから、待ってて』

言うや否《いな》や、そのままボスンとベッドに倒れ込んで眠ってしまった。

どうやら朝まで仕事をして、よほど疲れていたらしい。

それなのに、それを言うためにみずきが起きるのを待っていたのだ。ただ起きていてほしいだけなら、わざわざ口頭で言う必要のないことだ。メールや何かで伝えればいいだけなのだから。

(それなのに、わざわざ直接言うってことは……)

そこにそういう意図があることは、友人たちから「鈍い」と言われるみずきでも分かった。

だが朝イチでそんな宣言をされて、普段どおりに過ごせと言われても、という話である。

一日中落ち着かず、仕事でもうっかりミスをするところだったし、昼休憩に会った紘子からは「トイレ我慢してんの？　なんでそんなそわそわしてんのよ」と言われる始末だった。

なにしろ、みずきの方もずっと触れ合いたいと思っていたのだ。そわそわして何が悪い。いや仕事しろという話だが。

そんなふうに落ち着かない一日を過ごし、帰宅する頃にはみずきはすっかり疲弊《ひへい》していた。

仕事で小さなミスも連発してしまったし、自分の情けなさに自己嫌悪にも陥《おちい》っていた。

これはいかん、と気を取り直した結果が、あのワインだった。

ビール党なのに、特別感が欲しくてワインなど買ったのがいけなかった。

空きっ腹に普段飲まないワインを流し込み、気分が悪くなってそのまま撃沈。

当然だが抱き合うどころではない。

千歳が不機嫌になるのも無理はないのである。

「昨夜は本当にごめんね……」

しおしおと謝ると、千歳は殊更《ことさら》にっこりと微笑んだ。

「いいよ、終わったことだし。でも今夜抱けなかったら——俺、ヤバいかも」

薄い色の透明な瞳を妖《あや》しく光らせて、千歳が不穏な言葉を吐《は》く。

「や、ヤバいって……」

何をする気だ、と顔を引き攣《つ》らせると、彼は悪魔のようにクックツと喉を鳴らした。

「獣《けもの》みたいにみずきに襲いかかって、抱き潰しちゃうかも。みずきがもう無理って言ってもやめなくて、意識がなくても腰を振っちゃうかもね」

恐ろしい発言に、みずきは顔色を変えてブンブンと首を横に振る。

千歳の言ったことは、冗談なんかじゃない。実際にこの男にはそれができる。みずきはそれを知っている。なにせ、再会して初めて結ばれた夜、みずきはこの男に文字どおり抱き潰されたからである。

一度果てた後、ぐったりしていたみずきの上で、千歳は避妊具をつけ替えていた。

なぜつけ替えるのかと不思議に思う間もなく、再び挿入されて仰天《ぎょうてん》した。まさか二度目を挑まれるなんて思っていなかった。

どこにそんな体力が⁉　若い時でもそんなことなかったはず、と思ったが、肉体を鍛え上げた彼の精力は大学時代の比ではなかった。

二度目を終えて三度目に突入した時には、みずきは半分意識を失っていたと思う。

「それはダメ、絶対！　私を殺す気⁉」

「あはは、大丈夫。心臓疾患でもない限り死なないよ」

笑うな。笑いごとではないのだ。

「ばか！　抱き潰された次の日、歩けなくて大変だったんだから！」

腰が抜けて歩けないなんて、二十八年間生きてきて初めて経験した。

そんな初体験いらなかった。

「次の日は休みだっただろう？　明日も休みじゃない」

「そういう問題じゃ……！　って、抱き潰す気満々ってこと……⁉」

「あはははは」

「笑いごとじゃないんだってば！」

――結局、その日は宣言（？）どおりに抱き潰された。

＊＊＊

『阿川《あがわ》チーフ、お客様からお電話です』

退勤時間の迫った午後五時過ぎ、研究所の内線で受付の女性から連絡が入った。

「お客様？　私に、ですか？」

みずきは驚いて確認した。なぜなら、自分の客という人に見当がつかなかったからだ。

（本社の人なら「お客様」なんて言わないだろうし、他社の人なら私じゃなく所長とか室長に連絡がいくはず……）

みずきは主任だが、研究員たちのまとめ役というだけで、なんの権限もない立場だ。

『はい。阿川みずきさんを、と名指しで……。ご用件を伺っても、『南亜《なんあ》薬品の者だと言えば分かる』と仰《おっしゃ》るだけで……』

「南亜薬品……？」

どこかで聞いたことのある名前だ。みずきが勤めているのは化粧品会社の研究所だから、製薬会社も大まかな括《くく》りでは同種の企業と言えるが、みずきたち下っ端研究員が直接関わり合いになることはほとんどない。

(でも待って……やっぱり聞いたことがある気がする)

そう思い、受話器を片手にパソコンで『南亜薬品』を検索して「あっ」となった。

(『南亜薬品工業株式会社』——千歳の実家の会社だ!)

千歳の実家が製薬会社ということは知っていたが、会社名までは覚えていなかった。

(多分、医療業界に身を置くお母さんや理玖《りく》は覚えてるんだろうけど……)

みずきの前で、千歳に関する話題をしないようにしてくれていたのかもしれない。

てっきり社名に苗字の「坂上《さかがみ》」が付くのかと思っていたが違ったようだ。

ヒットしたのは、南亜薬品工業株式会社の代表取締役社長が代替わりしたという記事だった。

『南亜薬品工業株式会社の新社長、坂上圭吾《けいご》さん(35)、意気込みを語る。

今年六月に四十年間社長を務めた伯父・坂上万寅《かずとら》氏に代わり、社長に就任した坂上圭吾さんは、これまで営業部長として——』

おそらく坂上万寅が千歳の父だ。伯父、と書いてあるから、新社長は千歳の従兄弟ということになる。

（千歳のお父さんは引退して、甥に跡目を譲ったってことよね……）

千歳には兄弟がいない。つまり千歳の父親には跡を継ぐ子どもがもうおらず、仕方なくといったところだろうか。

なるほど、と思うが、だからといって自分に「南亜薬品」の人間が接触してくる理由が分からない。

『阿川主任？　どうされますか？　アポイントがないならこちらでお断りすることもできますが……』

おそらく受付の女性も、唐突な訪問に不審に思う点が多かったのだろう。

そう提案してくれたが、みずきは「いいえ」と断った。

「取り次いでください。知り合いかもしれないので」

「南亜薬品」の名前を出す者が誰であれ、目的は間違いなく千歳絡みだ。

（とにかく、話を聞いてみないと状況が分からない）

みずきの返事に受付の女性が「分かりました」と言って通話を外線に切り替える。プッという電子音の後、回線が繋《つな》がる。

「――はい、お電話代わりました。開発研究部第三課主任、阿川です」

『阿川みずきさんですね』

受話器から低い男性の声が響いた。
少し嗄《しゃが》れた声に聞き覚えはない。
(年配の男性……っぽいわね)
声だけでは分からないが、年若い印象ではなかった。
「はい。阿川みずきは私ですが……。大変失礼ですが、どちら様でしょうか」
『これは失礼。私は坂上万寅と申します。息子の千歳のことでお話が――』

千歳の父――坂上万寅氏とは、仕事の後で会うことになった。
職場でするような話ではないと判断したからだ。
みずきは帰り支度をしながら、一度深呼吸をする。
緊張に心臓が早鐘を打っているのが分かった。
千歳の父が、今さら自分になんの用があるというのか。
(……五年前のことを謝罪したいとか?)
一瞬脳裏を過《よ》ぎった考えを、すぐに一蹴《いっしゅう》する。
そんな甘い考えをする人なら、千歳が縁を切っているわけがない。

（うちのお母さんにだって、あれだけ失礼なことができる人間なんだもん。いろいろ用心していかなくちゃ……）

正直に言って、千歳の父には全く良い印象はない。

だからといって、千歳の血の繋がった父であることに変わりはなく、「会いたい」と言われて無視はできない。

（それに、私の職場にまで直接電話をかけてくるくらいだもの。断ったって、他の手段をとってくるに決まってる）

次の手段が電話とは限らず、その上をいく強引な方法をとられたら面倒だ。

なにしろ、相手はそれなりに大きな製薬会社の元社長だ。その身分を告げれば、みずきの職場も一度は取り合わざるを得なくなる。そうなればみずきと千歳のプライベートな事情が会社に知れることとなって、いろいろと面倒なことになるのは目に見えている。

だからそうなる前に会ってしまおうと思ったものの、いざとなると腰が引けてしまう。

（……会いたい人では間違いなくないけど、会うべき人であることは確か）

というのも、千歳が父親と絶縁したことを、申し訳ないと思っている自分がいるのだ。

もちろん、そういえば千歳は「そんなことを思う必要はない」と言うだろうし、それは千歳の決断で、みずきに咎《とが》はないということも分かっている。

分かっていてもどうしてもその罪悪感を拭《ぬぐ》い切れないのは、おそらくみずき自身が千歳の父親という人を知らないからだ。

——話せば分かってもらえるのではないだろうか。

そんな甘い期待を、諦め切れないのだ。

（……とにかく、一度会ってみよう。最後に一度だけ。話し合っても無駄《むだ》な人だと分かれば、もう二度と会わない）

世の中には、どれだけ言葉を尽くしても分かり合えない人というのが存在する。もし千歳の父親がそういう人ならば、諦めもつく。

千歳には経緯《いきさつ》を簡単にメッセージアプリで送信しておいたが、まだ既読はついていない。

（今日はアートイベントの現場で千葉《ちば》だって言ってたし、きっとスマホを見る暇がないんだろうな……）

だがその方がいいのかもしれない。もし千歳が読んでいたら、間違いなく止められるだろう。そうなれば、千歳の父と話してみる機会が永遠に失われる。

「うん。よし、いくぞ！」

みずきは自分に気合を入れると、待ち合わせ場所へと急いだ。

＊＊＊

千歳の父が指定してきたのは、銀座《ぎんざ》にある日本料理店だった。店名に「小割烹《こかっぽう》」とあるが、カウンターはなく全て個室で、店員も着物姿と、まるで老舗《しにせ》旅館のようだ。

（……いかにも、って感じ……）

その年代の地位ある男性が選びそうな店である。

入り口で名前を告げると、店員さんが丁寧に個室まで案内してくれた。

「失礼致します。阿川です」

名乗って襖《ふすま》を開けると、中には六十代くらいの男性と、見覚えのある女性の姿があった。

ドクン、と心臓が鳴る。

『ねえ、ちーくん。この子は遊びなんでしょう？　ちーくんには私がいるもんね？』

笑いを含んだ甲高い声が脳裏に蘇《よみがえ》った。

（菅野《すがの》、絵里奈《えりな》……！）

最悪の思い出の女が、目の前にいた。

（どうして、彼女がここに……！）

絶句して立ち尽くしていると、絵里奈がこちらを見て誇《ほこ》らしげに笑う。

なぜそんな顔をするのかさっぱり分からないが、それでも過去の傷を抉《えぐ》られているようだ。

記憶の中の痛みを、みずきは奥歯を噛んで堪《こら》えた。

（あの時も、同じような顔をして私を笑っていた……！）

黙ったまま微動だにしないみずきに、千歳の父——万寅氏が社交的な笑みを浮かべて言った。

「やあ、待っていたよ、阿川さん。どうぞ座って」

みずきは狼狽《ろうばい》を押し殺し、黙ったまま会釈して万寅の前に座る。

（……この人が、千歳のお父さん……）

万寅は中肉中背で、一般的な日本人の容姿をしていた。異国的な美貌の千歳とは全く似ておらず、言われなくては親子とは分からないかもしれない。

「今日は突然会社に電話をして、驚かせてしまったね。申し訳ない」

「いえ……」

「ああ、そうだ。何か飲むかい？」

気さくな口調でメニューを手渡そうとしてくる万寅に、みずきは手のひらを向けて断った。

「いいえ、私は結構です。よろしければ、要件をお聞かせ願えますか？」

ここには遊びで来たわけではない、と案に示すと、万寅は少し眉間に皺《しわ》を寄せたが、すぐに笑顔になってメニューを引っ込める。

「そうか。残念だが仕方ない。――では単刀直入にいこう」

そう言うと、スッとみずきの目の前に分厚い封筒を差し出してきた。

「百万ある。これで千歳と別れてもらいたい」

「――」

みずきは失笑した。

まさかこんな昭和のドラマのような真似《まね》をする人間がいるとは。

大声で笑い出したい衝動に駆られたが、ここでそれをやらない方がいいことは分かる。

さてどうしてやろうか、と思案していると、みずきが落ち込んでいると思ったのか、万寅がさらに喋《しゃべ》り続ける。

「あの子は坂上の本家の嫡男だ。坂上の全てを引き継ぐ権利と義務がある。長い反抗期で、家を飛び出して外国で遊び暮らしていると思っていたら、君の所にいるとはな。まったく、もうすぐ三十歳になるのだから、モラトリアム期もいい加減おしまいにしなくては。千歳にはこの絵里奈嬢という婚約者がいる。申し訳ないが、息子のこれからの人生に君の出る幕はないんだ」

やれやれ、といったように語る万寅を、みずきは半ば唖然《あぜん》と眺《なが》めた。

すごい。手切れ金の封筒といい、セリフといい、本当に三流ドラマの悪役そのものだ。

もしかしたら、本当に役者さんなのではないだろうか。

なおも黙ったままでいるみずきに、万寅は不愉快そうに顔を歪《ゆが》めた。

「なんだ？　言いたいことがあるなら言ったらどうかね？」

よしきた、何から言ってやろうか、と口を開きかけた時、横から面白がるような声が割って入ってきた。

「まあ、おじさま。そんなに急《せ》かしては可哀想《かわいそう》だわ。彼女にも気持ちを整理する時間をあげなくちゃ」

「絵里奈ちゃん。だが……」

「私がお話ししますわ。女同士だもの。その方が分かってもらえるはずよ」

クスクスと笑って万寅をあしらった絵里奈が、また勝ち誇ったような笑みを浮かべてみずきに向き直る。

「ねえ、前にも言ったでしょう？　ちーくんは私のだって。あの時分からせてあげたと思っていたのに、性懲《しょうこ》りもなくちーくんに寄ってくるなんて、困った人。あなたみたいな平凡な家の娘が、私に敵《かな》うわけがないってどうして分からないのかしら」

ため息をつきながら言われて、みずきは目をまん丸にして絵里奈を凝視した。

（……これは……この人は、なんというか……傲慢《ごうまん》、だけど……）

誇らしげに掲げるご自分の矜持《きょうじ》が、ものすごく薄っぺらいのだ。

イヤミったらしい言い方だが要するに、彼女のご自慢はその出自ということだ。

（自分の学歴でも仕事でも……自分で成し遂げたものではなく、出自……なるほど）

その出自を理由に、自分が千歳に選ばれると信じているのだろうか。

（……ああ、でも、実家と絶縁する前の千歳なら、それはあり得たのかもしれない）

父親に逆らえず、ただ鬱屈《うっくつ》とした不満を溜め込むだけの青年だったら、父親の選んだ相手と結婚する道を選んだのかもしれない。

（――でも、千歳はその道を選ばなかった）

自分はそれを知っているし、今の千歳を信じている。

みずきは微笑むと、目の前の二人をしっかりと見据《みす》えて言った。

「あなた方は今の千歳をご存じないのですね」

「――は？」

落ち込むと思っていたみずきが、余裕の微笑みを浮かべたのが気に食わなかったのか、絵里奈が鼻に皺を寄せる。

「今の彼をご存じなら、これが逆効果だと分かるでしょうから」

「は、はあぁ⁉　逆効果も何も、私たちはあなたに身を引けって言ってるのよ！　あなたが身を引けばちーくんは帰ってくるわ！」

叫《さけ》ぶ絵里奈に、みずきは肩を竦《すく》めた。

「いえ、帰ってきませんよ」

「はぁあ⁉」

「むしろ私が身を引けば、気が狂ったように追いかけてきます。罪を犯してでも私を自分に縛りつけようとするでしょうね」

これまでのストーカー行為を鑑みれば分かることなのだが、この二人には分からないのだろう。

「ちょっ……あなた、自分が何を言ってるか分かってるの⁉」

「分かってますよ。あなた方がやっているのは全部無駄《むだ》なことだって。そもそも、千歳は五年前にご実家と絶縁し、現在は坂上の姓ではなくお母様の姓を使っています。とっくに成人した男性が自分の意思で絶縁した以上、法律的に、お父様にもあなたにも彼を縛る権利はありません。和解したいのであれば、こんなやり方ではなく誠意を尽くして彼自身と話し合うべきでしたね」

これ以上話すことはない。この二人は話し合っても無駄な類《たぐい》の人間だ。

（すごく、残念だわ）

できることなら、彼らを和解させたかった。愛する人が親と絶縁している状態が悲しいと思ったからだ。だがそれもみずきの勝手な感傷でしかないのだろう。

分かり合えないことを悲しく思いながら席を立とうとすると、バァン！　という大きな音がして、机がビリビリと揺れた。

万寅がいきなり両手で机を叩いたのだ。

「やかましい！　黙って聞いていれば、小娘の分際で、何様のつもりだ！」

雷のような怒声に、みずきは驚愕《きょうがく》して万寅を見つめた。

（……なるほど、こんな激昂《げっこう》の仕方をする人間相手に、まともな議論ができるわけがない）

幼い頃の千歳が、日々この人のこの怒りに晒《さら》されていたのだったら、萎縮《いしゅく》するのも無理はない。

万寅の顔は真っ赤で、こめかみには青筋が立っている。まさに憤怒の形相だ。

人からこんなふうに怒鳴《どな》られたのは、生まれて初めてだった。ついでに言えば、強烈に机を叩くという暴力的な行為を間近で見たのも初めてだ。

「そもそもお前がいなければ、千歳が反抗することもなかったんだ！　息子を誑《たぶら》かしおって、この女狐《めぎつね》が！　千歳も千歳だ。こんな性悪女に騙《だま》されおって、情けない！　いいか、よく聞け。お前が身を引かないというのであれば、覚悟しておけ！　お前の母親と弟が無職になるぞ！」

聞き捨てならないセリフに、呆然《ぼうぜん》としていたみずきはハッと我に返った。

「無職に？　どういうことですか？」

問いただすと、万寅は鬼の首を取ったように高笑いする。

「ははははは！　看護師なんぞ、所詮、経営者である医者の奴隷だ！　私は医師会の重鎮と懇意にしているからな。お前たち一家を病院から放逐する程度、容易《たやす》いことなんだよ！」

「…………」

みずきは押し黙った。医療界のことはよく分からないが、そういうものなのだろうか。

（理玖《りく》も前にそんなようなことを言ってたしな……）

法的に問題がありそうな内容だから訴えれば良さそうだったが、面倒だし、きれいごとだけで物事が片付く世の中ではないことも知っている。なにより、母と弟を巻き込むことはしたくない。

どうしたものか、と考えていると、今度は背後でバァン！　と大きな音がして個室のドアが開かれた。

「みずき！」

現れたのは、千歳だった。

「千歳！」

入ってくるなりみずきを守るように抱き締め、ため息のように呟《つぶや》く。

「……ああ、良かった。間に合った」

「間に合うって……何に？」

「……いなくなるかと思った」

その妄想に、みずきは思わず噴き出してしまった。

「そんなわけないでしょ！　こんな茶番に惑わされるほどバカじゃない！」

茶番、という言葉を聞いて、千歳がきょとんとしてみずきの顔をまじまじと眺める。

「……なるほど」

「うん。だから大丈夫」

にっこりと笑ってみせると、千歳はようやく安心したのか、フッと笑みを浮かべた。

そしてみずきを自分の背後に庇《かば》うようにして、父親と対峙する。

「どういうつもりですか？」

その声は冷え冷えとしていて、明らかな侮蔑《ぶべつ》が籠《こ》もっていた。

万寅もそれに気づいたのか、みずきに見せていた怒りを押し隠し、懇願するような表情に変わる。

「千歳、お前はその女に騙されているんだ。今までのことは水に流してやるから、帰ってこい！」

「水に流してもらわなくとも結構です」

「まだそんなことを言っているのか！　このままでは私の財産が圭吾へ渡ってしまうんだぞ！」

にべもない千歳の態度に、万寅が苛立《いらだ》たしげに怒鳴った。

（なるほど、自分の財産を親族に奪われたくないがゆえの行動だったのか）

とみずきは納得したのだが、千歳が「ハッ」と吐き出すように嘲笑《ちょうしょう》する。

「財産って、あの古ぼけた屋敷と苔《こけ》むした墓と、なんの手入れもしていない山程度でしょう。利益になるどころか、税金を取られるだけだ。そんなもの、誰がいるんですか」

「何を……！　会社の株だって……」

「引退した時に、あなたの持ち株の九割を会社が回収したはずですよね？　治験データ改竄《かいざん》の指示を出した証拠がリークされて社長を辞任する際、そういう条件の株式間契約を締結させられている。だからあなたの持ち株など微々たるものだ。おまけに治験データ改竄のせいで株価は暴落している。そんな株、欲しいわけないだろ」

治験データ改竄という情報に、みずきはギョッとなった。研究職からしてみれば、治験データ改竄は大罪中の大罪である。考えるだけでも恐ろしい。

（そんなことした会社、信用がなくなって株価暴落して当然よね……。っていうか、千歳の従兄弟さんはそんな会社の後を継がなくちゃいけなかったのか……）

なんとも気の毒な話である。会ったこともない人だが、大いに同情してしまった。

「要するにあなたは、俺を使って己の権威を取り戻したいだけでしょう。大方俺を会社に引き入れて、圭吾さんに対抗する派閥でも作るつもりなんだろう」

「あんな若造に好きにさせておけるか！　私が培ってきた会社だ！」

「治験データ改竄で台無しにしたのはあなたでしょう。自業自得だ」

「お前に何が分かる！」

「分かりませんね。分かりたくもないですし。そもそも俺はあなたとの縁は切ったんだ。もう父親だとも思っていない」

キッパリと言われて一瞬だが万寅の表情が怯《ひる》んだが、すぐに眦《まなじり》を吊《つ》り上げて怒鳴り出した。

「お前、親に向かってなんて口を……！」

だがそれを、千歳が鋭《するど》い睥睨《へいげい》で黙らせる。

「親じゃないって言ってるだろう。しかもあなた、俺の最愛の人にちょっかいをかけましたね」

地獄から湧いてきたのではないかと思うほど、その声は低かった。

そして秀麗な美貌は冷たい怒りで凍りつき、底冷えするような迫力を醸し出している。

見ているみずきまで背筋が寒くなるほどだ。

「もうあんたは俺の敵でしかない。俺は敵に容赦するつもりはない。今度また同じような真似《まね》をしてみろ。次は必ずお前を豚箱に叩き込んでやる」

万寅は息子の気迫に呑《の》まれてしまったのか、先ほどまでの威勢をなくして、自失したように呟いた。

「つ、次はって……」

その問いに、千歳がニヤリと口の端を吊《つ》り上げる。

「リークを指示したのは、誰だと思う？」

万寅の顔からザッと血の気が引いた。

「ま、まさか……、お前……！」

「次はない。獄中で死にたくないなら、大人しくしてろ」

千歳は言い捨てると、今度は絵里奈の方に向き直る。

「ち、ちーくん……！」

絵里奈は媚《こ》びるような声で名を呼んだが、千歳はそれに冷めた眼差《まなざ》しを返した。

「お前も誰かに寄生して生きることばかり考えてないで、自立して生きたらどうだ？」

「な、な……！」

「そのお腹の子の父親、お前が不倫していた医者だろう。訴えれば養育費くらいはもらえるんじゃないか？」

「……っ！」

容赦ない暴露に、絵里奈が顔を真っ赤にしてブルブルと肩を震わせる。

みずきも呆気《あっけ》に取られたが、万寅も仰天して絵里奈を睨《にら》みつけていた。

どうやら知らなかったらしい。

「行こう」

全てを言い終えて気が済んだのか、千歳がみずきの肩を抱いて促した。

そのまま部屋を出て行く千歳とみずきを、止める声はもうなかった。

＊＊＊

「父親の周辺は、数年前から探らせていたんだ。あいつがこのまま黙っているとは考えにくかったし、何か弱みを掴んで黙らせるしか方法はないと思っていたから」

湯を張ったバスタブの中で、みずきの腕を撫《な》でながら、千歳が言った。

一連の騒動の後、くたびれ果てて帰宅した二人は、一緒に風呂に入ることにした。なぜ風呂なのかといえば、みずきがただひたすら疲れていたからだ。いろんなことがありすぎてパンクしそうな頭と体を解《ほぐ》したかった。

無言で風呂の支度をしていると、千歳が自分も入ると押しかけてきたのだ。

普段なら断っているが、今日はいろいろあったせいで、彼とくっついていたかったので許可した。

「それで、データ改竄のネタを……？」

「大学時代の先輩が、南亜に就職したことを思い出してね」

「は～……なるほどね……」

そんな繋がりまで駆使していたのか、と少し驚いてしまう。

「圭吾さんとは連絡を取ってた。彼はうちの父親を退陣させたい人で、利害が一致してたからね。リークの件は、圭吾さんと示し合わせてやったんだ」

「そうだったんだ……」

まさか件《くだん》の従兄弟まで共謀していたとは。

「会社から追い出されて黙っていられる人間じゃないから、動き出すならその時かなと思ってたんだけど、案の定。圭吾さんが社長に就任したあたりから、興信所を使って俺の周辺を探り始めた。本当に予想どおりで笑ったよ」

「絵里奈さんは、どうして交ざってたの？　婚約は弁護士を入れて解消したって言ってなかった？」

整理しても分からなくて、みずきは首を捻《ひね》る。今回の件は坂上家の問題で、五年前に片付いているはずの菅野絵里奈はあまり関係がない。なぜ今さら出てきたのだろう。

「解消してるよ。だから絵里奈と父親が頻回に会ってるって興信所から報告を受けた時、俺も驚いた。多分だけど、親父が会社から干されたって噂《うわさ》聞いて、絵里奈の方から近づいたんだろうな。あいつの父親は未《いま》だに五百旗頭《いおきべ》総合病院の院長で、県の医師会の理事もやってる。失墜した南亜の威信を取り戻すために、父親に口を利いてやるから～って感じだろ」

「えっと、それって千歳にまた近づくためにってこと？」

「俺にって言うか、托卵《たくらん》先になりそうな男にってことかな」

「托卵……」

思わず鸚鵡《おうむ》返しをしてしまう。

カッコウで有名なやつである。

「じゃあ、お医者さんと不倫って本当のことだったんだ」

「まあ信頼できる興信所使ってるからね」

あっさりと言う千歳についていけず、みずきはお湯をすくってパシャンと自分の顔にかけた。

「は〜、なんかもういろいろてんこ盛りすぎて……」

ため息をついていると、千歳の腕が腰に絡みついて、背後から抱き締められる。

「ほんと、ごめんな。まさかみずきの会社に突撃するとは思ってなくて。マジで油断した。来るなら俺に直接だと思ってたんだ。俺に接触しやすいように、地元の物件引き受けたりしてたのに……」

「橘花荘《たちばなそう》の件、そのためだったんだ……」

全てが繋がっていき、みずきは感心してしまった。

「あ〜……いやまあ、うん。それもあったかな」

「あ、そうだ。ねえ、五年前私と別れた時、もしかしてうちのお母さんのことで、絵里奈さんに脅《おど》されていたりした？」

激昂した万寅が言ったことを思い出し、みずきは訊《たず》ねた。

千歳は一瞬動きを止めて、「なんで？」と訊《き》き返す。

「一つだけずっと不思議だったことがあるの。別れた時、絵里奈さんと一緒になってわざと私を傷つけるやり方をしたでしょう？　なぜあんなやり方をしなくちゃいけなかったのか、考えても分からなくて、ずっと引っかかっていたの。でも、絵里奈さんにうちのお母さんを病院から追い出すって脅されてたら、きっと言うことを聞いただろうなって……」

その可能性に思い至ったのは、割烹で『お前の母親と弟が無職になるぞ！』と万寅が叫んだ時だった。

すると千歳はしばらく沈黙した後、ハーッと深く息を吐《は》いてみずきの肩に自分の顎を乗せた。

「……おばさんには、言わないで」

それは肯定に他ならない。

「やっぱり……！　ばかなんだから！　お母さん、あの後すぐに五百旗頭辞めたんだよ！」

あの気の強い母が、あんなことをされて大人しくしているはずがないのだ。

「……うん。後から知って、ちょっと凹《へこ》んだ」

「バカ……本当に、バカ」

「うん。ごめん。あの時傷つけて、本当にごめん」

何度も謝ってくる千歳に、みずきは堪《たま》らず身を捩《よじ》ってその首に抱きついた。

「私こそ、ずっと恨んでて、ごめん。千歳は、私の家族まで守ろうとしてくれてたんだね
……！」

「結局、守れてなかったんだけど、ね……」

とほほ、というように千歳が嘆いたが、みずきは嬉しくて、切なかった。

あの頃の自分たちは、幼いくらいに若くて、力がなくて、弱かった。

だからうまくやれずに空回り、失敗して、破れてばかりだった。

(——でも、こうして今、抱き合っていられるから)

全ては運命で、必然なのかもしれない。

「愛してる、千歳」

「……俺も、頭がおかしくなるほど、ずっと君だけを愛してる。死んでも離さないから、覚悟してね」

エピローグ

「わー！　フッカフカのお布団！　最高！」

寝室に敷かれた二組の布団を見て、みずきは嬉々《きき》としてその上にダイブする。

「食べてすぐ寝ると牛になるよー」

容赦のない声をかけてくるのは、最愛の恋人であり、夫である千歳《ちとせ》だ。

「牛でもいいもん。今日は夢が叶《かな》ったんだから、牛でも馬でもなんでもいいのだ！」

「ふ、そうだね」

みずきのはしゃぎように、千歳が優しく目を細めた。

千歳のその眼差《まなざ》しが好きだ。その目で見られると、胸の中に幸福が溢れる気がする。

「ねえ、『新婚旅行で橘花荘《たちばなそう》』、叶えてくれてありがとう。千歳」

彼が潰れそうだったこの橘花荘を買い取ってリニューアルしたのは、みずきの夢を叶えるためだったと知った時、みずきは泣きながら彼にプロポーズした。まさか自分の方がプロポーズするとは予想外だったが、込み上げてきた感情のままに口にしていたのだから仕方ない。

自分でも予想外のプロポーズだったため、指輪も何も用意していなかったが、千歳はＯＫしてくれた。ちなみに指輪は後日二人で買いに行った。

「婚前旅行になっちゃったけどね」

「籍はもう入れたから、新婚旅行だよ」

二人が今いるのは、千歳がリニューアルを手がけた『橘花荘』だ。リノベーションが完遂したので、その試泊を兼ねて利用することになったのだ。

ちなみに結婚式はハワイでする予定で、半年後だ。

千歳の母夫妻と阿川《あがわ》一家のみで行い、一週間のバカンスを取ることになっている。

そのために、現在皆の予定の調整中だ。

「あー、幸せ……」

温泉は気持ちよかったし、ご馳走《ちそう》は絶品ばかりだったし、お腹はいっぱいだし、愛する人と一緒だし、ハッピーてんこ盛りである。

こんなに幸せでいいのだろうか。

うっとりと幸せに浸っていると、千歳がみずきの上に重なるように覆《おお》い被さってきた。

「ぎゃ、重い！　千歳、さっき食べたお夕飯が出るっ」

「えー、じゃあみずきが上になればいいよ」

そう言うと、千歳はみずきの体をくるりとひっくり返し、自分の上に乗せた。

うつ伏せで千歳の体の上に寝そべる体勢になって、みずきはその分厚い胸板に頬を擦り寄せる。

「はー、大胸筋《だいきょうきん》、ふわふわ」

筋肉は硬いイメージだったけれど、実際にはもちもちとした弾力があって、触ると気持ちがいいのだ。千歳の体がこんなに逞《たくま》しくならなければ、知らなかったことだった。

「みずきがこんなに筋肉フェチとは知らなかった」

「千歳がこんな体になるからだよ。知らなかった筋肉の沼の味を知ってしまってもう戻れない……」

「俺のせいか。なら責任取らなきゃね」

言うや否《いな》や、千歳はまたくるりと体をひっくり返して、みずきを組み敷いた。

「浴衣はすぐ脱がせられていいね」

ニヤリと笑って帯を解く夫は、風呂上がりのせいか酷く艶《つや》っぽい。その美しい顔をもっと近くで見たくて、腕を伸ばして彼の首を引き寄せる。

顔を傾《かたむ》けてキスを強請《ねだ》ると、千歳は目を三日月のように細めて笑った。

「積極的だね」

「……新婚だから」

いいでしょ、と口を尖《とが》らせると、千歳はまた笑ってキスをくれた。

「大歓迎」

うっそりとそう言うと、シュルッと浴衣の帯を引き抜かれた。

風呂上がりに着る旅館の浴衣だから、帯を外されればあっという間に開かれてしまう。浴衣の下に身につけているのは、ラベンダーカラーのレースの下着だけだ。

下着姿になったみずきを見下ろして、千歳が歓声を上げた。

「すごい。プレゼントみたいだ」

レースたっぷりの下着が、確かにリボンに見えなくもない。だが手放しの褒《ほ》め言葉は、少々照れ臭い。みずきは頬を染め、小さな声で言った。

「……新婚だから、奮発してみました」

このブラとショーツはフランスのブランドのもので、あわせて万札が五枚は飛んでいった高級品である。普段身につけているものの数倍のお値段で、下着類は着心地の良さを重視するみずきにしてみれば、清水《きよみず》の舞台から飛び下りる気持ちで購入したものである。

だが購入して良かった、とみずきは思う。

目の前の千歳は、まるでアート作品でも見る時のように、恍惚《こうこつ》とした顔でこちらを見下ろしていた。

「俺のために？」

「そう。好きでしょう？　こういうの」

――そう、千歳は恋人を着飾りたい願望のある男性だったのである。

みずきも結婚式の準備をするまで知らなかったが、ドレス選びをした時にそれは発覚した。

なんとみずき本人よりもこだわりを見せ、ああでもない、こうでもないとドレスコーディネイターに注文をつけ始めたのだ。

『みずきにはオフホワイトよりもスノーホワイトの方が似合うんです。アクセサリーも金ではなくプラチナがいい。プリンセスラインもいいけど、マーメイドの方が彼女の美しさが際立つ。ああ、デコルテはこちらのデザインの方がいいな。……すみません、これも見せてもらっても？』

千歳はややミニマリストで、身の回りをごくシンプルで最小限のもので済ませている。それなのに着る物にそこまでこだわりを見せたのが意外で驚いていると、「なぜ意外だと思われるのか分からない。美しい君を見ることは、芸術を鑑賞することに近いだろ？」と独特の見解を示した。アートに関わる仕事をしているからだろうか。

そんな具合だったから、きっと下着もドレッシーなものをつけると喜ぶだろうと思っての行動だったが、正解だったようだ。

千歳はうっとりとした表情で下着のラインを指で辿《たど》りながら、「脱がすのがもったいないな」と呟《つぶや》いた。

「……脱がずにする？」

少々マニアックかなと思いつつ訊《たず》ねると、千歳は一瞬考えた後、「いや」とその提案を拒む。

「それもいいけど、これを脱がす方が興奮する」

舌舐《な》めずりする獣《けもの》のような目でそう言うと、背中に手を回してホックを外した。

体が一気に解放される小さな快感の後、乳房を覆っていたものがゆっくりと剥《は》がされた。

千歳はまるで丁寧に包装を外すみたいにブラを取り払うと、フッと目を細める。

「すごいな」

何がすごいんだ、と訊《き》きたかったが、やめておいた。この目をした時の千歳は、もうスイッチが入った証拠だ。満足するまで止まらないだろう。

（これは、明日腰が立たないこと決定だな）

と思ったが、元々その覚悟は決めていた。

なにせ、新婚旅行なので。

千歳はあらわになった乳房をゆっくりと揉《も》みしだく。柔らかい肉が厳《いか》つい男の手の中でグニグニと形を変える様《さま》に、みずきの中の興奮も煽《あお》られる。

薄紅い乳輪を親指が撫《な》で、その中央の尖《とが》りをキュッと摘《つ》まんだ。敏感な乳首はその刺激にすぐ反応し、もっと欲しいというように硬く尖った。

「白い肌に赤い乳首……すごいな、本当にきれいだしエロい……、最高」

独り言のように囁《ささや》きながら、千歳が乳首を口に含む。

温かい口内で舐め転がされ、強い快感にみずきは腰をくねらせた。

「だめだよ。じっとして。今みずきは俺へのプレゼントなんだから」

揶揄《からか》うように言いながら、千歳はショーツの紐に手をかける。

「紐で結ぶタイプ、いいね。解く時、めちゃくちゃ興奮する」

「解説しなくていいよぉ……」

恥ずかしくなって両手で顔を覆うと、クスクスという笑い声が聞こえた。

「そう？　でも嬉《うれ》しくて……」

するり、と微《かす》かな音と共にショーツの紐が解かれる。布が剥がれ落ちる感触と同時に、指が垣間見えた花弁を撫でた。

「あーー、エッロ……」

まだショーツを半分着た状態のまま、秘めた場所への愛撫が始まる。

陰唇を割って泥濘《ぬかるみ》に指が侵入し、蜜路の中をゆっくりと掻《か》き回した。まだ始まったばかりなのにもう千歳の指を歓待し、貪欲に絡みついていくのが分かった。

「もうぬるぬるだし、堪《たま》んないな、これ……」

そう囁かれる声と同時に、弄《いじ》られている場所に温かい吐息《といき》がかかり、みずきは驚いて体を起こそうとする。だが千歳の腕がそれを抑え込み、ピチャリと陰核に熱い粘膜の感触がした。

「あっ！」

肉厚の舌に敏感な花芯を嬲《なぶ》られ、みずきの全身に快感の電流が走る。

包皮の上から小刻みに擦られ、花芯はあっという間に膨《ふく》らんでその頭を覗《のぞ》かせた。千歳はそれを愛《め》でるように舌先でくるくると撫で、さらに快感を引き出そうとしてくる。

「あ、や、それ、だめ……」

分かりやすい愉悦は瞬《また》く間にみずきの中に広がって、お腹の奥に悦《よろこ》びの熱を生んだ。ジクジクと疼《うず》くその熱に溶かされて、蜜路の奥からじわりと淫液が溢れ出してくる。

「だめじゃないでしょ。こんなにとろとろなのに」

「やぁ、だって、すぐイッちゃうから……！」

みずきの訴えに、千歳は少し考えるように動きを止めた。

何度も絶頂を迎えると体が疲弊《ひへい》して、千歳の行為についていけなくなるのだと、以前からみずきが訴えていたからだ。

「先にバテられるのも困るからなぁ」

と仕方なさそうにため息をつき、千歳は「よいしょ」と言いながら体勢を変えた。

仰向けの千歳の顔にお尻を向けて乗っかる形にさせられ、みずきは少し焦《あせ》ってしまう。

「え、これって……」

「触り合いだよ。自分だけがイクのがダメなら、みずきも頑張って」

にっこりと笑う千歳に、みずきは思わず顔を赤くした。

いわゆるシックスナインだ。

みずきとて口淫《こういん》の経験はある。セックスは男性ばかりが愛撫するものではなく、お互いにし合うものだ。

千歳が気持ち好くしてくれるのと同じくらい、彼に気持ち好くなってもらいたい。

だからこの行為はやぶさかではないのだが、なにぶん千歳のモノが大きいのだ。口淫をしていると顎が疲れて痺《しび》れてきてしまい、歯が当たって彼に気持ち好くなってもらえないのだ。

「でも、私あんまり上手じゃないよ……？」

しょんぼりと言うと、千歳が上体を起こし背中にキスをした。

「上手だよ。みずきが触れてくれているだけで、俺は気持ち好い。みずきは？」

「それは、私も……」

「だろ」

千歳はニヤリと笑うと、ちゅ、ちゅ、と背中を下りるようにキスの雨を降らせていく。最後にみずきの双丘に辿《やど》り着くと、その肉をやんわりと喰《は》んだ。

その痛みですらない柔らかな愛撫の感触を合図に、みずきもまた千歳の上に身を屈《かが》める。

千歳の怒張《どちょう》はもうすっかり勃《た》ち上がり、凶暴な姿になっていた。赤黒い粘膜に太い血管が浮き出ていて、なんともグロテスクだ。

（それなのに、千歳のものだと思うと、可愛《かわい》いって思えるから不思議……）

人間の本能なのか、あるいはアバタもエクボの症状なのかは分からないが、これを口の中に入れられるのは、ただひとえに愛ゆえだなとも思う。

両手で包み込むようにして握ると、先端にキスをした。

こんなに凶暴そうな見た目なのに、意外と柔らかくて弾力があるのが不思議だ。

舌先で鈴口を舐めた後、張り出したエラの部分を口の中に入れた。

（……大きい……）

千歳しか知らないから比べようもないが、彼はかなり大きい部類なのではないだろうか。

口いっぱいに含んでも陰茎の全長を飲み込むことができず、半分くらいは外に出たままだ。

おまけに太さもあるので、口に含んだ状態で舌をうまく動かせない。

それでも千歳に気持ちよくなってほしい一心で、頭を上下して雄蕊《ゆうずい》を擦り上げる。

するとみずきの頑張りを褒《ほ》めるように、大きな手が尻をスリスリと撫でた。その愛撫に嬉しくなって、さらに舌に力を込めた時、陰核を弄られてビクリと体が揺れる。

「んっ……！」

長い指が挿《さ》し込まれ、膣内《ナカ》の媚肉を引っ掻くように掻き回す。腹側を押されると尿意にも似た疼きが生まれ、知らず蜜筒が収斂《しゅうれん》した。

「んっ、んぅ、んんっ～～！」

太い陰茎を咥《くわ》えたまま、鼻声の嬌声を上げて快感を堪《こら》えていると、ペチリと尻を叩《たた》かれて叱《しか》られる。

「ほら、みずきも頑張って」

そんなことを言われても、こんなふうに気持ち好くされて、まともに動けるわけがない。

イヤイヤと涙目で顔を振ると、千歳はクスクスと笑って体を起こした。

「仕方ないな」

そう言って胡座《あぐら》をかく体勢になると、みずきを自分の上に抱き上げる。

股の下に逞しい怒張がそそり勃っている。

問いかけるように千歳を見ると、彼はフフと吐息で笑った。

「ほら、自分で挿《い》れて」

優しい微笑《ほほえ》みで言われたら、頷《うなず》くしかないではないか。

この雄々《おお》しすぎる大きな男根を自分で挿入するのは、なかなか勇気がいる。

それでも彼と抱き合う快感と悦びを知っているから、みずきはその先端を自分の蜜口にあてがって、ゆるゆると腰を上下させた。

硬い切先が泥濘の浅い場所を行き来する度、溢れ出た愛液が粘着質な音を立てる。

早く欲しいと思うのに、雄《おす》の熱杭が最初に侵入してくる衝撃が怖い。

その衝撃の奥には頭がおかしくなるほどの愉悦が待っていると分かっているのに、それでも最初のそれはいつも本能的な恐怖を伴う。

「あ、ん、もう……」

自分の動きの拙《つたな》さがもどかしくて、腰がひとりでにくねる。

欲しい場所はもっと奥なのに、なかなか到達してくれない焦《じ》れったさに、淫筒が切なさにきゅんきゅんと蠢《うごめ》いていた。

「ああ、クソ、もどかしい……！」

忍耐の尾が切れたのは、千歳の方だった。

みずきの動きに任せて、腰に添えていただけの手にグッと力が籠《こ》もる。

力強く引き下ろされると同時に下から鋭《するど》く突き上げられて、みずきは甲高い悲鳴を上げた。

「い、ぁあああっ！」

根本まで一気に押し込まれた衝撃に、体の芯がビリビリとしびれている。

太く硬い剛直に、一分の隙もなく最奥までみっちりと満たされて、全身の細胞が歓喜に戦慄《わなな》いているのが分かった。

「――ッああ、最高ッ……」

呻《うめ》くように感嘆し、千歳が恍惚《こうこつ》のため息をつく。

「みずきの中、最高。ずっとこの中にいたい」

そんな恐ろしいことを言いながら、千歳がガンガンと突き上げ始めた。

弾《はず》むように腰を穿《うが》たれ、みずきの体は千歳の胡座の上でボールのように跳ねる。速い律動に合わせて、乳房が上下に激しく揺れた。

その様《さま》を眺《なが》めて、千歳がハハッと雄の目をして笑う。

「ああ、すごい。眼福」

だが揺さぶられるみずきに、笑う余裕など欠片もない。

身動きの度に一番奥まで叩くように突き上げられ、快感の火花が幾度も目の前に散る。勢いよく膣壁をずりずりと擦られると、頭がおかしくなるほど気持ちが好かった。

（ああ、もう、だめ……！）

体に溜まった快感の熱は、もう逃しきれないほど熱くなってしまった。

みずきは縋《すが》り付くようにして千歳の首に腕を巻きつけると、泣きながら懇願する。

「ち、ちと、せぇ、おねがいっ……お願い、もうっ……！」

「うん、俺も……。一緒にいこうか」

動きとは裏腹な優しい答えに、みずきは涙で潤《うる》む目を開いて頷いた。

千歳が微笑んで美しい顔を傾《かたむ》ける。唇と唇が重なる瞬間に腰を穿たれ、深く重く満たされる。

重なる肌が心地好い。お互いの体を弄《まさぐ》り合いながら、至る所にキスの雨を降らせた。どこに触られても気持ち好く、どこを触っても嬉しかった。

「愛してる、千歳」

熱い剛直を自分の中に呑《の》み込み、満たされる幸福に浮かされながら告げると、千歳は噛《か》み付くようなキスをする。

「俺の方が、ずっと愛してる」

唸《うな》るような宣言の後、胎《はら》の中で千歳が弾けた。ビクビクと蠢く彼の動きに愛しさと快楽を促され、みずきもまた高みへと駆け上がる。

セックスは、愛し合う行為だ。そして、全てを委ね合う行為。

それを本当の意味で理解できたのは、千歳を心から信頼して、彼の愛を受け止めることができてからだった。

彼と自分の境界線が曖昧《あいまい》になるほど溶け合っていくのを感じながら、みずきはゆっくりと愛に身を委ねたのだった。

あとがき

ルネッタブックスでは二回目の挨拶になります。

春日部こみとと申します。

この本を手に取ってくださってありがとうございます。

前回はオメガバースものに挑戦させていただきましたが、今回は普通の男女のお話です。

普通と言いましてもヒーローがストーカーなので現実だと犯罪者ですが、こちらはＴＬ小説の中なのでギリギリ（？）普通です。

そんなギリギリのストーカーっぷりを堪能してくださったら嬉しいです。

カバーイラストを描いてくださったのは、御子柴トミィ先生です。艶のあるヒーローと、芯の強さの見える愛らしいヒロインに、キュンキュンしてしまいました。素敵な表紙をありがとうございます！

そして、毎回多大なご迷惑をおかけしてしまっております。担当編集者様。無理をさせてしまって本当に申し訳ございません。そしてへっぽこな私の相談に乗ってくださって、本当にありがとうございます。担当様がいなかったら、この本は世に出ていないと思います。

この本の刊行に関わってくださった全ての皆様に、御礼申し上げます。

最後になりましたが、ここまで読んでくださった読者の皆様に、心からの愛と感謝を込めて。

春日部こみと

ルネッタⓁブックス

オトナの恋がしたくなる♥

君のためなら死ねる
——そう言ったら笑うか？

結婚から始まる不器用だけど甘々な恋♥

ISBN978-4-596-70740-6　定価1200円＋税

〈極上自衛官シリーズ〉陸上自衛官に救助されたら、なりゆきで結婚して溺愛されてます!?

MURASAKI NISHINO

にしのムラサキ

カバーイラスト／れの子

山で遭難した若菜は訓練中の陸上自衛隊員・大地に救助され一晩を山で過ごす。数日後、その彼からプロポーズされ、あれよあれよと結婚することに！　迎えた初夜、優しく丁寧にカラダを拓かれ、味わったことのない快感を与えられるが、大地と一つになることはできないままその夜は終わる。大胆な下着を用意して、新婚旅行でリベンジを誓う若菜だが…!?

ルネッタⓁブックス

仕組まれた再会
～元カレの執着求愛に捕獲されました～

2024年1月25日　第１刷発行 定価はカバーに表示してあります

著　者　**春日部こみと**　©KOMITO KASUKABE 2024
発行人　鈴木幸辰
発行所　株式会社ハーパーコリンズ・ジャパン
東京都千代田区大手町 1-5-1
04-2951-2000（注文）
0570-008091　（読者サービス係）
印刷・製本　中央精版印刷株式会社

ISBN978-4-596-53401-9